你又……了呢，偵探大人 01

Killed again

てにをは

TENIWOHA Illustration: rii

［插畫］りいちゅ

KILLED AGAIN, MR. DETECTIVE.

CONTENTS

你又被殺了呢，
偵探大人

事件一　艾麗女王號殺人事件

KILLED AGAIN, MR. DETECTIVE.

情報一：關於艾麗女王號

日本最大艘的郵輪。
全長 251 公尺、寬 30.6 公尺。
最高乘載人數 1,100 名。

情報二：相關登場人物

葛城誠人
灰峰百合羽
渡乃屋菓子彥
　　　輪子
　　　甘彥
　　　捻彥
　　　味子

第一章　偶爾也請認真推理吧

偵探就像海浪一樣。

海浪（偵探）會把小孩子（犯人）費盡苦心建起的沙堡在最後的最後沖走、摧毀。

海浪不分善惡，也沒有慈悲或無情的概念。只是將沙灘恢復為原本自然的模樣。

對，海浪沒有善惡之分。然而有優劣之別。

表現優秀就成為名偵探，表現拙劣就叫謎偵探。

當然，在這世上足以稱為名偵探的存在屈指可數。

不過在那樣少數的特例之中，又有個更加散發異彩、天賦異稟的男人。

他擁有『不死偵探』的稱號，受到所有小孩子（犯人）恐懼、疏遠與怨恨。

無論什麼樣的罪犯、殺人魔都無法殺害他，也不會死。

無論面對多麼難解、不可解、不可能的事件都不畏不懼，不怕不恐。

解開謎團，突破難題，終結事件——

管他是密室殺人、爆破恐怖行動或者金融危機，只要其中有稱為犯人的存在，那男人就會以偵探之名進行推理。

光天化日之下在警察廳的廳舍內部發生的『警官六十六人殺害案』。

一夜之間使歐洲聯盟的預算消失了三成的『歐元搶劫事件』。

將一整個國家化為無人之地的『瓦倫希特王國全國神隱事件』。

被稱為女帝的一名女性所做的最美犯罪行為『七大洲大戀愛事變』。

某邪教團體基於「吃掉天使前往天國——」的信仰而掀起的『食人教團晚餐事件』。

「不死偵探」所解決的事件、親手逮捕的凶手多到數不清，立下的功績更是難以估量。

如果說偵探是海浪，那麼這男人肯定就是足以吞沒整片沙灘的大海嘯。

男人今天依舊奔波於世界各地，解決事件。

而我便是那位史上最強的偵探，追月斷也——的兒子。

此刻，我正在自己的房間寫著遺書。

「親愛的老爸：當你讀到這封信時，我已不在人世……」

要說為什麼嘛，這只是我每天的例行公事。

如果硬要找個理由——就是今天我的鞋帶忽然斷了吧。

所以為了確保何時喪命都不會有問題，該留下的東西就要留下來。今天的內容還算不錯。

我想應該完成了一封冷靜、公平又能適度誘使讀者落淚的好遺書。

「第二百四十三集……好了。呼……」

為遺書添上集數而感到滿意的我，接著來到位於隔壁的事務所。然而——

「咦？」

大家似乎都出去了吧，事務所內一片安靜。

畢竟我從學校回到家就立刻窩進自己房間，沒有確認過這邊的狀況。

在面向大馬路的一整片窗玻璃上，可以看到左右顛倒的『追月偵探社』五個大字。

這裡是由我老爸擔任老闆的偵探事務所。與自家實質上相連在一起，可以自由互通。

透過窗戶照進屋內的陽光讓我忍不住瞇起眼睛。

有一名少女站在那裡。

耀眼的陽光映出那位窗邊少女美麗的輪廓。

白金色秀髮在太陽照耀下有如水晶般閃爍光芒。

身上穿著一套以黑色為基礎的禮服風緊身洋裝，看起來有點像是英國的女僕裝，又像是喪服。

我輕輕揮手，走向背對著這邊的少女。

「啊。」

然而，我很快遇上了不得不停下腳步的狀況。

少女手中拿著我的制服外套。

那是我剛才回到家時忍不住偷懶，隨便脫下來丟在客廳的東西。

而少女正在——嗅著那件制服的味道。

她把我的制服抱在胸口，鼻頭深深埋入其中。殊不知身為制服主人的我正看著她，絲毫沒有察覺……

「你回來啦，朔也大人。」

啊，錯了。我們對上視線。她正看著我，完全有察覺到我的存在。

明明有察覺，卻依舊聞著味道。視線朝著我，光明正大地。

用玻璃珠般剔透的眼眸直視我，繼續聞著。

呃不，這是在搞啥？認真的嗎？這是我身為一個男生可以坦率感到怦然心動的情境嗎？實在難以判斷。

總之，我首先應該溫和處理。就像對待野生動物一樣，絕不能貿然刺激。

「呃……我回來了，莉莉忒雅。」

© riichu

我如此回應後，少女——莉莉忒雅才總算把臉從制服上移開。

接著彷彿什麼事情都沒發生過似地拉平制服的皺褶，掛到衣架上。這點她倒願意好好幫我做是吧。

「大家今天都已經出發前往各自的委託地點了。」

「不，在那之前……」

真虧她能夠理所當然地進入日常對話啊，臉上還帶著那種「我無罪」的表情。

話雖如此，但是被她表現得若無其事到這種地步，反倒也讓人懶得隨便譴責了。

莉莉忒雅是寄宿在這間追月偵探社的女孩。明明也不是什麼女僕，卻從打掃辦公室、會計管理乃至各種雜務都一手包辦，而且工作表現無可挑剔。

「關於妳偷偷享受我制服上殘留的芳香這件事，且讓我聽聽看妳有何解釋。」

「我沒有做那種事情。」

「妳有做好嗎！剛才我們視線最起碼也有對上了二十秒左右吧。嗯？等等，難道說只是我沒自覺而已，其實我的氣味具有讓異性感到難以自拔的效果……」

「並沒有那麼方便的效果。」

「說得也是。嗯，我知道。畢竟假如我有那種能力，現在應該會過著更加繽紛的校園生活才對。」

這與其說是自虐嘛，應該講是客觀性事實。但莉莉忒雅卻露出彷彿在指責我的眼神看過來。

「意思是說朔也大人過著灰暗的校園生活？真的是那樣嗎？」

「嗯？」

「你今天似乎也在學校與二十多歲近三十的保健老師進行過親密的行為，客觀來講，這對於男生而言應該屬於很棒的校園生活吧？」

莉莉忒雅用她一如往常不知該說是很酷或者說稍嫌平淡的語氣，講出有點恐怖的話。

「妳、妳在說什麼呢？」

「那我就直言了。朔也大人，從你的制服上可以聞到消毒水與藥品……以及些許香水的氣味。」

「從我的制服……？」

「那種藥味是保健室特有的氣味。香水則是比比．愛麗絲春季新品的氣味不會錯。」

比比．愛麗絲。這名稱我也聽過，是知名化妝品公司出的香水，電視上也經常可以看到廣告。

「那是現在受到二十多歲女性喜愛的商品，而且必須對自己的女性魅力有相當程度的自信才敢使用。另外，設定價格還不是一般女高中生能夠買得起的等級。」

發表推理的過程中，莉莉忒雅有如人偶般始終沒有改變表情。冷酷而毫不留情，試圖用邏輯將我逼到絕境。

「從這些線索必然可以推測出一件事：朔也大人今天蹺課跑到保健室，和渾身散發濃烈成熟魅力的保健老師做這個做那個，大搞情愛運動……」

「那是誤會！」

什麼叫情愛運動啦？哪本字典上有那種詞？

明明嘴上講著如此莫名其妙的話語，她卻依舊保持著撲克臉。

這就是莉莉忒雅。她像隻高傲的貓，鮮少出現表情變化。雖然偶爾會因為一些令人不解的原因輕易改變，但基本上都是面無表情。

「話說，妳是為了調查我在學校的動向才會聞制服的氣味嗎……？」

看來並非莉莉忒雅對我偷偷懷抱著什麼愛慕之情，也不是我的制服會散發出什麼方便的費洛蒙。

「總之妳真的誤會了。我今天的確有去過保健室，這點我承認。但那是因為我在上體育課的時候擦傷腳了。當然我一點都不在意，可是畢竟當著全班同學面前，就算只是做做樣子我也必須去接受治療。然而當我把傷口給保健老師看的時候……嗯，接下來妳總知道了吧？結果老師當場震驚，對我全身上下觸診起來。大概是她做為一名醫生對我的身體產生了興趣吧。所以那是……對，那是純粹的醫療行為。我沒有做任何虧心事。」

「你最後一句話反而讓整件事只留下不純的印象了。」

莉莉忒雅用她與生俱來的半瞇眼神瞪向我。

「……話說回來，光靠氣味就能猜得那麼準，妳的想像力與洞察力還是這麼強啊。」

不過，莉莉忒雅就是這樣的女孩。

「什麼事都瞞不過妳呢。」

「也就是說你認罪了。」

「不，我和保健老師真的什麼都沒做啦……妳也沒必要對人家的日常生活調查到那種程度吧？」

妳又不是我老媽——我差點接著這麼說，但覺得太超過而作罷。

「我有義務要隨時注意朔也大人的狀況，以免你誤入歧途。」

相對地，莉莉忒雅則是一點也不害臊，用光明正大的態度堂堂表示。

「因為我是朔也（偵探）大人的助手。」

「是那樣沒錯啦。雖然妳願意把我當偵探對待我是很高興，但我其實在這間事務所中根本還算不上獨當一面的偵探啊。」

給這種半吊子偵探分配一名助手完全是暴殄天物，大材小用。

尤其像莉莉忒雅這樣優秀的助手就更不用講了。

「那終究只是你那位比常人嚴苛的父親——斷也大人所做的評價吧？從那位人物的角度來看，除了他自己以外的所有人都算是半吊子了。」

她這麼說也沒錯。我老爸就是那樣的人。

「但是啊……」

「還真是頑固呢。既然這樣，現在就是朔也大人和我——」

莉莉忒雅說著，在自己嘴前可愛地合起雙手。

「兩人合算為一人，就可以說是獨當一面了。」

「我覺得莉莉忒雅就算自己一個人也足夠獨當一面了吧？不過妳那樣無微不至的輔佐真的讓我感動得想哭啊……說到老爸，他也出去了嗎？」

「是的。」

「我記得他今天的委託應該是從下午開始吧？」

「斷也大人因為接到一項緊急委託，臨時取消下午的預定行程，剛才出發前往機場了。」

「緊急委託？發生了什麼重大事件嗎？」

「雖然媒體好像還沒報導，不過聽說是發生了劫機事件。」

為什麼發生劫機事件要找偵探？處理那種事情不是警察或特種警隊的工作嗎？——一般會這麼想吧。

然而老爸並不是什麼一般的偵探，所以也沒什麼好驚訝的。

擁有『不死偵探』稱號的追月斷也這個男人，就是那樣一位偵探。

「遭到劫持的是預定從新加坡樟宜國際機場飛往日本的客機。犯人是一名九歲少女，據說將機上一百七十九名乘客與人員挾持為人質，堅守在機內不出的樣子。」

九歲？

剛才——總覺得好像聽到莉莉忒雅口中冒出了令人很想追問的年齡，但我刻意沒有開口。既然會找老爸出馬，就無疑表示這次是一點也不普通的特殊事件，對手肯定是很特殊的犯人。那麼就算犯人是個九歲少女，也不是沒有可能的事情。

然後既然會找追月斷也過去，那就是除了追月斷也以外，其他人無法解決的事件。

「遭劫客機的機身編號是——」

莉莉忒雅一絲不苟地連客機的機身編號都告訴了我，但我並沒有聽得很認真。畢竟對我來說是連個邊都沾不上的事件，記住那些情報也沒意義。

「謝謝，我知道了。到這邊就好。」

繼續聽她詳細說明也沒用。反正就是一如往常，老爸會用超乎常理的方法解決超乎常理的事件。

「我的預定行程呢？」

「今日沒有接到任何一件委託。」

「哦，這樣。」

哎呀，我想也是。

「那樣也好。反正就算說我是偵探，也只是在幫忙老爸工作的過程中不知不覺連自己也踏入其中了而已。」

「請你放心。明天有一件調查外遇的委託。」

「調查外遇？」

「嫌太普通了嗎？身為偵探希望有更能夠耀眼表現的委託嗎？然而偵探這種職業本來就是這類的委託占多數……呃？」

莉莉忒雅看見我的樣子，講到途中停了下來。

「你好像一點都沒感到不滿呢。」

沒錯。我確實完全沒有什麼不滿。

「好耶，這委託。感覺不會有什麼危險。」

「……我覺得朔也大人的野心和功名心應該再強一點比較好。竟然會覺得委託內容越安全就越開心，這樣身為追月斷也的兒子……不，身為一名偵探是否有點問題？」

「意思是既然當偵探就要處理更重大的事件嗎？像是在陰森恐怖的洋館發生的密室殺人，或者在遠海孤島上展開的連續殺人？我才不要。那種事件萬一走錯一步搞不好自己就會被兇手殺掉啦。有幾條命都不夠用。」

外遇調查，很好啊。普通的委託，大歡迎！

聽到我的熱烈演說，莉莉忒雅可愛地嘆了一口氣。

「腳踏實地，一點一滴累積成果比較符合我的個性。然後呢？調查對象是誰？像上次那種鎮上小工廠的老闆之類的？然後地點在五反田，埋伏監視到早上嗎？」

我不抱什麼期待地如此詢問後，莉莉忒雅走到老爸的辦公桌旁，用雙手食指分別指向桌上一具大地球儀的某個地點與另一個地點，說道：

「是從橫濱出發，前往新加坡。」

「啥？」

□

「好、好大！好寬敞！」

為了調查外遇，我和莉莉忒雅搭上的是一艘無比巨大又豪華的郵輪。

「艾麗女王號。全長兩百五十一公尺、寬三十點六公尺。最高乘載人數多達一千一百名，為日本最大艘的郵輪……嗎？」

我讀了一下郵輪的簡介小冊，今天不知第幾次的嘆息又從口而出。

我們被招待住宿的客房雖然以等級來講是屬於從下面數上來比較快的類型，但依然寬敞得有如飯店房間。

「從日本出發，中途停靠新加坡後前往香港，單程八日的郵輪之旅？」

學校方面我已經以幫忙家務為由請了假所以沒什麼問題，不過我本來就經常缺席，這下在班上可能又要變得更邊緣了吧。

「這麼豪華的客輪，真虧我們可以潛進來啊。」

「一切都要感謝委託人的協助。對方表示我們不需要擔心手續或費用的問題，只要全力調查丈夫的外遇就好。」

「委託人是他的大人是吧。對調查經費不手軟可真是慷慨，那麼我可以期待酬勞金額同樣不同凡響嗎？」

「不，很遺憾的是，以朔也大人目前身為偵探的地位來講，關於這點最好不要抱太大的期待。」

「……我就知道。」

畢竟我總是只接一些沒有危險性的輕鬆工作，說起來也是理所當然。假如覺得不甘心，就去解決比較重大的事件，提高自己身為偵探的地位再說。而想要接到重大事件的委託當然就必須先累積自己的成果，但說到底，我現在根本還沒決定自己是不是真的要成為一名獨當一面的偵探。簡單來講，我還是個為將來出路煩惱的普通高中生啊。

窗外這時飛過一隻海鷗，讓我忍不住把視線看過去。窗戶外面有一塊小陽臺，再外面就是一整片蔚藍的天空與迷人的大海。

「然後那位搞外遇的丈夫，是個電影公司的製作人是吧？」

「葛城誠人，四十三歲，這次的調查對象。已婚，有個兒子。長年任職於東天股份有限公司，至今拍過不少熱門作品。」

「而他現在也在這艘船上。」

「是的，葛城似乎偶爾會有可疑的開銷，但即使太太問他把錢用在什麼地方，也總是會顧左右而言他。最近還有跡象顯示他除了自家以外，可能在東京都內又租了另一間公寓。」

「祕密別墅？那也難怪太太要懷疑他外遇啦。」

「夫人很篤定地表示，丈夫在這次的郵輪之旅期間絕對會露出外遇的馬腳。」

「上船之前我在港口大廳看到葛城的行李，多得有點誇張啊。」

登船前，葛城讓工作人員搬了好幾個旅行箱進來。

「那裡面裝的會是什麼東西？給女性的禮物嗎？或者是令人難以啟齒的深夜玩具？」

「偶爾也請認真推理吧。」

莉莉忒雅如此嚴厲表示後，又附加了一句「卜流」。但我剛才這個推理其實還算頗認真地說。

「也有可能是將外遇對象藏在行李箱中打算偷渡。」

那種推理再怎麼說都太誇張了吧。

「說起來，他為什麼會搭這艘船？只是觀光嗎？」

「不，是電影。據說是為了宣傳下一部作品，和主演的新人女演員以及工作人員們一起搭乘這艘船的樣子。」

「女演員也在？」

「是的，請你千萬不要產生什麼追星的想法。」

「我才不會啦……順道問一下，她是什麼樣的人？」

莉莉忒雅見到我這樣明顯易懂的態度，微微鼓起腮幫子。這是她偶爾會有的習慣動作。老實講還頗可愛的。

「不不不，為了進行調查，這也是必要的情報之一啊。」

我接著補充一句聽起來煞有其事的藉口，結果似乎意外奏效。莉莉忒雅嘆了一口氣後，開口說道：

「……灰峰百合羽。十六歲。是在這次的電影中大獲提拔的新人女演員。」

「哦～？啊，真的耶。她幾乎還沒有什麼出演經歷。」

我用手機查了一下，發現那位女演員可以說沒什麼亮眼的經歷。不過看起來很活潑的宣傳照片讓人頗有好感。

「然後呢？妳說主演女星和工作人員們一起參加郵輪之旅？是電影公司安排的宣傳活動之一嗎？」

「正是如此。似乎是和旅遊公司的合作企劃，要在今天的郵輪之旅中採訪主演女星的樣子。」

將新秀女演員第一次拍攝主演電影的過程以紀錄片的形式拍下來，事後當成雜誌或光碟版的附錄影片。感覺是很常見的手法。

「話說莉莉忒雅，其實妳沒有必要每次的委託工作都跟著我來喔。外遇調查這種程度的委託，我一個人就能處理了。」

「不，斷也大人吩咐過我絕對要跟在朔也大人身邊。更何況，朔也大人和我兩人合算為一人——」

「才能獨當一面，對不對？我知道了啦。」

「你知道就好。」

「那麼我們首先去把葛城誠人找出來吧。不勉強，不亂來，腳踏實地幹活。」

「現在的時間，乘客多半應該會在甲板上欣賞風景，或者為了早點吃午餐而前往餐廳。」

「說得沒錯。」

我們一邊交談，一邊走出房間。

就在這時，手機響起了。是很傳統的手機簡訊。老爸傳來的。

——現在準備換乘到目標飛機。上空一萬公尺。好高啊～

「換乘……」

我本來還以為他是要在客機起飛之前入侵到裡面或是怎樣，但看來劫機犯已經讓客機飛到天上去了。

雖然我不曉得老爸究竟要用什麼方法在空中移動到正在飛行的客機上，不過既然是那個人，應該總有辦法吧。

「這對父子的方向性差得可真多呢。」

「畢竟我把老爸當成負面教材啊。話說老爸明明怕高，真虧他敢那麼做。」

你小心可別腳底一滑從空中掉下去啊，那樣會給人添麻煩的——我姑且這麼回覆了簡訊。

□

葛城誠人是個身材高眺，相當引人注目的男人。

「不愧是知名電影公司的製作人，打扮得可真講究。」

他把身體靠在甲板的欄杆上正喝著一杯飲料，杯子裡還插有奇奇怪怪的椰子樹裝飾。雖然打扮有型，但挑選那種飲料的品味是不是有點問題？或許是我管太多吧。

在他身邊有幾名年輕男子，不時與他交談對話。大概是這次同行的拍片人員或攝影師之類的。

伴隨噴射引擎的聲響，一架客機這時飛過上空。當然，那和遭到劫持的客機是完全不同的班機。

郵輪甲板上有個圓形的游泳池，許多人在裡面游泳或乘著泳圈漂浮在水面。隔著游泳池的另一側還可以看到樂團演奏著充滿朝氣的音樂。

我則是坐在露天咖啡廳一張莫名細長的椅子上，從遠處觀察著調查對象。

「根據資料，他原本是一名演員，年輕的時候演過幾部電影的樣子。」

坐在旁邊的莉莉忒雅喝著杯子裡插有椰子樹裝飾的飲料。我裝作沒看到。

「怪不得。他雖然外觀上看起來如同年齡一樣老，不過容貌挺帥的。應該是演員當得不太順，才改行當製作人的吧？」

然而他身為製作人倒是在業界似乎名聲響亮的樣子，或許在那方面很有才華吧。

葛城回到船內後，我們依然繼續跟蹤。直到太陽沉入水平線，我們都一直從遠處持續監視著他。

現在他正在船內的餐廳享用晚餐。我們也坐在稍遠的位子觀察他。

「雖然戴得沒有很招搖，不過他那支手錶應該跟國產新車差不多價錢吧。看來他經濟收入也不錯。好吃。」

當然，我同樣毫不客氣地享受著船上的豪華料理。

「憑他的條件，應該不愁身邊沒有關係親密的異性吧。這小羊肉也太棒了。」

「朔也大人，請不要那樣狼吞虎嚥的。」

莉莉忒雅用流暢的動作使用刀叉，將料理放進口中。餐桌禮儀完美無缺。

「沒辦法啊。畢竟這種豪華郵輪或豪華餐廳我都幾乎沒有經驗過嘛。」

「請問斷也大人難道沒有訓練過你各種禮儀與知識，讓你能夠應付各式各樣的任務嗎？」

「老爸才不幹那種事。畢竟他不是會培育人才的料，甚至連花都沒種過。」

要說老爸會精心照顧的，頂多只有烤肉架上的里肌肉而已。

「妳應該也知道吧？自己觀摩自己偷學——這才是老爸的思考方式。」

從偵探身上『偷』學東西，可真是諷刺。

說到老爸，他此刻應該正在客機中上演一場比電影情節還誇張的動作劇，或者早就已經解決事件回到地面上了吧。

「話說莉莉忒雅，這個雪酪點心，我可以再點一份嗎？」

我趁隙如此嘗試拜託。

結果莉莉忒雅一瞬間做出似乎在腦中計算什麼的動作之後，把兩手食指交叉擺成打叉記號，並帶著莫名充滿慈愛的表情——

說了一句「不准」。

既非「不可以」也不是「不行」，而是「不准」。

莉莉忒雅偶爾會像這樣在遣辭用句上搞混端莊與粗俗。日文並非完全是她的母語或許占有一部分的理由，但這次的狀況單純是因為只有我們兩個人在講話，所以她比較放鬆而已。

她平常為了強調自己身為助手的立場，會對我使用敬語。不過有時候也會像這樣混淆。

「管理朔也大人攝取的熱量也是我的工作。你不可以成為一個小肥仔。」

她說著，又把打叉記號舉到嘴前進一步強調。認真的表情配上那樣的動作，反差也太大了。不，她搞不好其實是在等我吐槽。下次有機會的話，我再吐槽她看看。

就這樣，莉莉忒雅明明限制別人攝取熱量，自己卻把眼前的高級柔軟布丁很美味地含進口中。

不要認為總是會有下一盤，要好好珍惜自己眼前的一盤——聰明的她就是在教育我這個道理。

吃完晚餐，來到晚上七點半。我和莉莉忒雅為了去看旅遊第一天的重頭戲——船上馬戲團的公開表演，準備再度前往甲板。因為我們獲得情報表示葛城會率領拍片人員們一起去觀賞表演。

「哦！對不起。」

途中，我在走廊轉角處不小心跟人撞上，還沒確認對方的長相就趕緊先道歉。結果對方的反應卻出乎我的預料。

「啊！是你！追月的兒子！」

「咦？」

我抬起頭來，大吃一驚。

那件又皺又爛的大衣，挺高的雙肩，一頭天然捲。

「呃，這不是漫呂木先生嗎？」

沒想到，對方竟是我認識的人物。

這人名叫漫呂木薰太，跟老爸是認識了將近十年的熟面孔。

三十歲單身，能力似乎相當不錯但地位卻升得不怎麼高。大概是沒什麼人望吧，簡單來講就是個不得志刑警。

「為什麼漫呂木先生會出現在這麼高級的郵輪上？」

「少管我！這是……我弟幫忙準備讓我上船的啦。」

這麼說來，我好像聽過他的弟弟是個企業家，而且相當有錢的樣子。

「既然會看到你，代表你爹也在對吧？為什麼我難得出來旅行還要碰上你們這對父子啦。」

他抓著頭如此嘀咕抱怨。

「只要有你們……或者應該說主要是有追月斷也在的地方，就絕對不會有什麼好事。我可不想被扯進什麼不得不出面處理的麻煩事件中啊。」

漫呂木雖然目光銳利，但仔細觀察可以發現他被平常的工作搞得非常疲憊。

「你這樣不是講得好像老爸有什麼神祕的引力，會吸引事件發生一樣嗎？」

不過回顧過去的經歷，這講法也不能完全否定就是了。

「但請你放心吧。老爸為了別的委託沒有在這船上。」
「那就好……不，身為兒子的你也有繼承了那個麻煩體質的可能性……」
「請你別胡說了。」
「總之你給我安分一點，別惹出什麼麻煩事。如你所見，我現在是休假中啊。」
他說著，伸手指向船上一間供大人們利用的酒吧。
「喝酒嗎？你不去看馬戲團？」
「少管我。反正我又沒伴，不像你這麼好命。」
漫呂木接著指向莉莉忒雅。
「妳也真辛苦啊，斷也那傢伙把照顧放蕩兒子的責任推到妳身上。覺得受不了的話隨時可以跟我講喔，我會幫妳介紹一個好律師。」
他雖然經常也會跟莉莉忒雅見到面，但總覺得這位刑警好像誤會了我跟莉莉忒雅之間的關係性。
而莉莉忒雅並沒有特地否認那項誤會，只是縮了一下肩膀。
「那麼，在美酒的名下，祝你們有個美好的夜晚啦。」
漫呂木留下這句莫名其妙的發言，消失到昏暗的酒吧之中。
在航海中的郵輪上，偵探與刑警齊聚一堂。雖說只是偶然，但假如在電視劇之類的作品中，這的確是感覺會發生什麼麻煩事的組合呢。

「引力……是嗎？不，想太多了吧。」
「朔也大人，快要到開演的時間了。」
「哦哦，對。我們走。」

在甲板上準備好的半圓形舞臺周圍，井然有序地排列著提供給觀眾的椅子。
就在我和莉莉忒雅並肩就坐的時候，馬戲團的開場表演正好開始了。在旁邊的人推擠下，我還差點讓手中的熱帶水果飲料濺出來。
剛剛在入口處領到的簡介手冊上除了主辦團體與表演節目以外，也印有各家贊助協辦企業的名字。
「我都快忘記上次看馬戲團是什麼時候的事了。莉莉忒雅呢？」
「我是第一次。呃，以前只有在圖畫書上看過。」
「圖畫書。」
「……請問有什麼意見嗎？」
「很可愛啊，不錯。那麼妳今天就好好享受吧。」
「請問你在講什麼？這也是工作的一環呀。」
正經的助手對欠缺緊張感的偵探如此提醒。
「朔也大人，請你不要顧著看表演，結果把目標人物看丟囉。」

「放心吧。說到底，我對馬戲團根本沒興趣。」

「是、這樣嗎？」

「妳想想看，馬戲團的表演有時候會幹一些關係到性命的危險行為對吧？例如空中盪鞦韆或是走鋼索之類的。我搞不懂那種東西到底有趣在哪裡啊。」

後來，正式的秀開始後就一如我所說，馬戲團陸續表演起各種經典項目。

空中盪鞦韆、走鋼索、特技表演與擲飛刀——

每當上演起這類的項目，我的心跳就會加速，手掌都是汗水。

「朔也……你還好嗎？」

莉莉忒雅敏銳察覺我的異狀，將自己的手放到我手上。

因此我保持笑容，回應她一句「沒事」。

「我知道。馬戲團這東西不需要想太多，只要享受刺激的感覺就好。這種事小孩子也辦得到。」

然而那是對於自己的死沒有切身體驗才能辦到的事情。死亡的滋味與威力，以及無比強烈的孤獨感——就是因為不曉得這些東西，才能夠把馬戲團當成一種娛樂，享受其中。

要是不小心失手，讓那把飛刀偏了幾公分——

要是在走鋼索的途中腳底一滑——

當然，馬戲團的成員肯定都接受過嚴格的鍛鍊，不會發生那樣的失誤。然而萬一真的發生那種事，喪命的可能性一定不低吧。

不過我個人能否享受其中的問題姑且擺到一旁，接連上場的各種表演項目全都華麗精采，成功吸引著觀眾的目光。

舞臺上裝飾有巨大的小丑臉氣球，同樣襯托出表演的氣氛。

我不經意對莉莉忒雅說了一句「是小丑呢」，結果她卻糾正我說：「那是丑角。」

「有什麼差別？」

「丑角（clown）指的是滑稽演員，而小丑（pierrot）只是其中的一種。」

她明明說自己只有讀過圖畫書，瞭解得倒是挺詳細。

「是這樣啊？對不起，我不知道。」

「小丑會哭喔。」

「很抱歉我害小丑哭了啦。」

我到底在對誰道歉啊？

「不是那個意思。我是說臉頰上畫有眼淚的才叫小丑。」

小丑所扮演的是受人羞辱、嘲笑的角色——莉莉忒雅如此說明。因此小丑會背負著悲傷。

我聽她這麼解釋而重新觀察那個巨大丑角的臉，發現跟小丑比起來那表情莫名地有點壞，感覺好像肚子裡藏了什麼壞東西。這個壞蛋，你可有想像過小丑的悲哀！

馬戲團的華麗表演，似乎足以讓觀眾忘記這裡是在一艘船上的事情。

仔細一看，就連莉莉忒雅都隨著馬戲團活潑的音樂微微左右搖盪著身體。看她那樣全力享受著人生第一次的馬戲團，令人不禁微笑。

即便如此——她和我的視線從開場表演以來，都毫不鬆懈地同時注意著我們的左斜前方。

葛城誠人就坐在那裡。

他看起來既沒有入迷到把身體往前傾，但也沒有感到無聊，似乎只是很普通地欣賞著馬戲團表演而已。在他左邊位子上坐的是一名男性，右邊則是女性。

假如要跟外遇對象約會，現在可說是絕佳的機會。那麼坐在他右邊的那名女性就很可疑——但是那兩人之間的距離感卻有點奇怪。若是情侶，應該會表現得更親密才對。

就在我如此觀察的時候，遲來會場的一個家族經過葛城的座位前方。而且他們還暫時停下腳步，與葛城交談兩三句話，打了個招呼後才離開。大概是認識的人吧。

「不管監視了多久，他都完全沒有跟異性一對一接觸的跡象啊。他太太的疑惑難道只是一場誤會嗎？」

我一邊看著馬戲團員的雜技表演，一邊早早就進入完成委託的氣氛。然而莉莉忒雅卻「那很難說喔。」地表示懷疑。

「妳有什麼想法嗎？」

「外遇對象並不一定是女性。」

「這……只論可能性的話是沒錯啦，但是那個人有結婚了吧？委託人就是他夫人啊。」

「搞不好是結婚之後才發現了真正的自己喔。為此苦惱的他找不到人傾訴，只能徘徊於深夜的霓虹街，天空還下起雨來。這時有一位青年向他伸出援手，結果兩人成為了特別的關係——這樣的發展也沒有什麼好奇怪的吧？」

「是沒什麼好奇怪的啦。」

她這麼說也對，愛的形式因人而異。我不禁佩服莉莉忒雅這樣靈活的思考方式。

「講得更深一點，人會產生情慾的對象搞不好甚至不是人類。」

「呃？」

「我只是在講可能性的問題。」

「例如說？」

「像貓啦、仙人掌啦、飛機啦。」

「別說了！拜託妳不要把我腦中的觀念搞得更亂啊！」

看到我抱頭叫苦的模樣，莉莉忒雅不知道為什麼臉上露出微笑。別用那種眼神欣賞別人痛苦的樣子好嗎？

自從相識以來她就是這個樣子，是個奇特的女孩。

我與莉莉忒雅的邂逅要回溯到距今約半年前。在老爸出面解決的一樁事件——我也以實習的身分同行——之中，她是個重要的關係人。

當時雖然遭遇到很悽慘，真的很悽慘的事情，不過事件還是經由老爸之手平安解決了。不，現在回想起來根本一點都不算「平安」，而且總覺得那應該不能稱作獲得解決的樣子。

但不管怎麼說，事件結束後，莉莉忒雅由於某種不得已的理由變得無處可去、無處容身又無處埋骨，到頭來被我們家的事務所收留了。全部都是出自老爸的判斷。

從那以後，我和她的交情就一直延續至今。

「總之，現在還不能掉以輕心。夜晚很漫長的。」

「嗯……說得也是。反正已經知道葛城的房間在哪裡了。」

不需要急，航海才剛開始。無論夜晚或是旅途都還很漫長。

「假如他遲遲沒有露出馬腳，就找個機會扮成清潔人員進到他房間裡，偷裝個攝影機之類的——」

這時，現場忽然響起一陣特別熱烈的掌聲。仔細一看，丑角——不是氣球，而是充滿朝氣的真正丑角擺出誇大的行禮動作後，退向舞臺邊。

「哎呀，那些狡猾的小手段等以後再慢慢想，現在先專心監視對象並享受馬戲團表演吧。看，接下來是重頭戲的機車特技啦。」

我多少帶著逞強的態度，對表演項目也展現出一點興趣。

接著有個巨大的鐵網球體登場於舞臺中央，一臺接一臺的越野機車陸續進入球內。

「請問是要在那個球體裡騎機車嗎？」

「沒錯，看來是要在裡面轉圈子。很教人佩服吧。換作我的話肯定兩秒鐘就出車禍死翹翹啦。」

我事後查了一下，這項特技表演的名稱叫作「Globe of Death（死亡之球）」。連名字也很恐怖啊。

第二章　不可以死喔

馬戲團公演結束後，觀眾一邊互相討論感想，一邊各自走回船內。

我看向葛城，發現他也正要離席。

於是就在同一時間，我和莉莉忒雅也從座位起身。

「那麼莉莉忒雅，照計畫行事。」

「是。」

接下來我們要暫時分頭行動。

莉莉忒雅假裝在享用船上各種設施，並繼續監視葛城的動向。我則是裝作若無其事地接近葛城周邊的相關人物，探聽他平常的狀況與為人。簡單講就是一如偵探與助手的組合，分工合作收集情報的意思。

我抱著有點捉弄的想法提醒莉莉忒雅「妳可別輸給那些絢爛奪目的誘惑囉」，結果她卻回我一句「那種疑慮我打從心底不放在心上」並瞇起眼睛。那樣究竟是底還是上啦？

「逛街購物、欣賞電影、賭場博奕與其他，夜晚的船內確實有琳琅滿目的娛樂設施沒錯，但那些終究是用來掩飾跟蹤行動的東西。莉莉忒雅才不會輸給那樣的誘惑。」

「做為一名助手，真是態度可嘉的發言啊，莉莉忒雅。如果妳沒有把翻閱到皺巴巴的船內簡介手冊藏在背後就更好了。」

「請問你在說什麼呢？」

「總之妳小心點。」

「……你也務必注意安全。」

我在分頭之際隨口提醒，沒想到莉莉忒雅竟意外率直地回應我這麼一句話。

對於那樣與現在氣氛格格不入的嚴肅發言，我一點都笑不出來。畢竟只要回想過去的經歷，她會這麼講也是當然的。

於是我用眼神默默回應後，與莉莉忒雅分頭行動，回到船內。

「好啦，我也要趁自己還沒輸給誘惑的時候趕快工作……不過在那之前……」

我轉身走進一旁的洗手間。

該怎麼說呢？簡單講就是必須注意別喝太多熱帶水果飲料啊。

「呼……」

其實在馬戲團表演到中間的時候，我已經逐漸逼近危險水位，還好現在讓我趕上了。

「如果老爸在這裡，應該會講什麼『身為偵探在調查行動中就算全面洩洪也絕不可以從目標身上移開視線』之類亂來的要求吧。」

洗手間裡沒有其他人，讓我可以好好專心小解。

「偵探這行也不好做啊……」

我自言自語著這些沒什麼意義的話。

「呀嗚！」

就在這時——這個男有男治男享的空間裡突然響起可愛的聲音。

我的水都還沒放完啊。於是我只能保持著這個姿勢，提心吊膽地只把脖子轉向後方，結果看到瓷磚地板上倒著一名女孩子。

「……咦？」

面對這位突然現身於男生廁所的異性，我當場變得顧不得什麼個人的生理需求了。

她究竟是什麼時候、從什麼地方出現的？

明明幾秒鐘前那裡根本沒有人地說。

瞬間移動！？

不，別講蠢話了。答案在天花板上啊。

少女的正上方有個大約足夠讓一個人通過的排氣孔，而且蓋子被拆開掉落在地板上。

「咕嗚嗚嗚……！好痛……」

這位陌生少女就是從那個排氣孔掉下來的。而且似乎還撞到地板，眼眶含淚地揉著自己屁股。

「嗚……沒辦法像電影那麼帥氣呢…………啊。」

視線對上了。

「啊，不好意思打擾了……呃呃……請問……這裡是？」

「男廁。」

「怎麼會！」

雖然搞不太清楚，但我莫名開始覺得這女孩很可憐了。

於是我背對著她走向洗手臺，仔細把手洗乾淨。

「等、等等！不是那樣的！你現在想要盡量不刺激我，默默離開對不對！我不是在偷窺！也不是什麼變態！事情會變成這樣是有理由的……！」

「妳冷靜點。」

我腦中並沒有她所想像的那種念頭。這單純是禮貌的問題。

「妳還好吧？站得起來嗎？妳看，我的手已經洗乾淨了。」

「呃……」

「哦哦，我叫追月朔也，不是什麼可疑人物。只是個偵……」

我為了讓對方卸下警戒心而如此自我介紹，卻又講到一半趕緊住嘴。畢竟這次我的工作是調查外遇，就委託內容的性質來講，在船上的這段期間我還是隱瞞自己的偵探身分會比較好。

然而我這樣的顧慮最終卻白費力氣。

「追月……朔也先生……請問你……是偵探嗎？」

「為、為什麼妳會這麼想？」

竟然早就被發現了。

「因為我剛才掉下來之前……還在那個通風管裡的時候，聽到你自言自語……說偵探這行也不好做。」

「啊啊……」

這就叫隔牆有耳。

「唉……算了，這樣也沒差。」

這種事態既無法預測也無從預防。事情發生就是發生了。

「呃、那個……」

我從剛才就伸出的手寂寞地懸在半空中好一段時間，不過少女總算回握。

而且還用力得像是要爬到我身上。

「既然這樣！可以請你接受我的委託嗎！」

「委、委託？」

「我想請你幫我找貓！」

這又是不可能預測或預防的展開了。

委託？對一個剛剛才見面的人？在男生廁所裡？

我抱著混亂的腦袋，重新正面觀察少女的容貌。

結果忍不住大吃一驚。

「咦？妳是……」

「拜託你！偵探先生！」

我終於注意到一件事。

現在回握著我手的這名少女，是女演員灰峰百合羽啊。

□

匆匆忙忙溜出廁所後，我讓少女坐到附近的沙發上。

「妳是灰峰百合羽……小姐，對吧？那個當女演員的。」

我也坐到旁邊再度確認了一下，這少女果然就是女演員——灰峰百合羽不會錯。

「咦！為什麼你知道？」

那件裝飾不會太過花俏的淡粉紅色禮服非常適合她。

「這就是偵探的洞察力……開玩笑的啦。其實是因為我看過妳的照片。」

「哇～！我這種默默無聞的小咖新人竟然會有人知道……！太高興了……咕嗚嗚！」

她好像沉浸在喜悅之中了。

「然後呢？為什麼那樣的女演員會在通風管裡？」

「我在找小露露……因為我聽到從通風管傳來牠的聲音……雖然我覺得這樣做可能會被罵，但還是情急之中爬了進去……不過我會掉下來完全是意外！是蓋子忽然鬆開……接著當我回過神時就發現自己在男廁……裡面……噗……哈嘻嘻！」

她說明到一半笑了出來。

「對不起……我現在回想起來覺得自己當時的狀況好好笑！啊～……剛才真的是對您非常抱歉……」

緊接著又忽然收斂態度，對我鞠躬道歉。情緒可說是瞬息萬變。

話說回來，如果是間諜電影也就算了，沒想到現實生活中居然真的有人會在通風管中匍匐前進，實在讓我驚訝。

「找尋失蹤貓啊。『露露』就是妳那隻貓的名字嗎？」

「是的，但不是那樣。」

「……什麼意思？」

「牠的名字叫小露露沒錯，但不是我養的小貓。小露露是製作人先生非常疼愛的貓，是隻三色母貓……」

「呃，妳說牠是誰的貓？」

我忍不住大聲詢問，真是意想不到的收穫啊。

「就是製作人，叫葛城先生。他好像非常愛貓，這次旅行也帶了幾隻貓上船的樣子。結果其中一隻跑掉了。」

「所以妳才在找貓？那是葛城先生拜託妳的嗎？」

「不，是我自己在找的。」

「明明不是別人拜託的，卻甚至不惜爬進通風管中嗎？妳這個人也真奇特。」

「因為會擔心不是嗎？」

她一點也不猶豫地講出這種話，讓我頓時不知該說什麼了。

「可是我卻完全找不到小露露，正傷腦筋呢……所以希望你能幫忙一起找呀。

這麼突然真的很不好意思，但我沒想到掉下來的地方居然會有位偵探，就順勢拜託了！」

「不要順著掉下來的勁勢就提出委託啊。」

我語氣平淡地如此吐槽，結果百合羽意外開心地「哈嘻嘻！」笑了起來。反應倒是不錯。

雖然這可謂真的是從天上掉下來的委託，不過假如趁這機會把貓找出來送回葛城的地方，就能一口氣拉近跟他之間的距離，並且降低他對我的警戒心。如此一來往後的調查行動也必然會更加順利。感覺不錯。

「好吧，我接受妳這份委託。只要把露露找出來就行了吧？」

「感激不盡！」

「當然，酬勞我也會跟妳算清楚。」

畢竟凡事要講究公平互利——聽到我這麼表示，百合羽頓時垂下眉梢。假如她是隻小狗，現在肯定兩邊耳朵也會跟著垂下去吧。

「酬勞……也就是費用嗎？呃、那個……我現在當演員還完全沒有名氣，手頭上也沒什麼錢……」

「那就傷腦筋啦。對了，不然這樣吧。如果順利找到貓，妳就跟我做朋友當作是酬勞。如何？」

「欸？那樣就好了嗎？」

「嗯，算是我最大的讓步了。」

當然這是騙她的。我打從一開始想要的酬勞就是這個。只要和百合羽打好關係，便能從她口中問出許多關於葛城的情報。

「那樣我很樂意！」

「好，交易成立。那麼我們立刻出發去找貓吧。」

「是！我帶你到最後看見小露露的地方去。師父！這邊！」

「嗯……………不，等等。妳說師父是啥？」

才想說要起身行動了，竟然一下就碰上問題。

「啊，果然被發現了？」

「我可不記得有收過像妳這樣的徒弟。」

「其實呀～我……想成為一名偵探！」

「……妳想換工作？早早就感受到自己演員之路的瓶頸了嗎？」

「不是的！恰好相反！我是為了演戲，希望好好學習呀！」

「學習偵探業？」

「我這是第一次被選拔為電影的主演……而我在戲中飾演的角色是一名偵探。」

「這樣啊。」

「請問你沒聽過嗎？女高中生偵探鵪鶉！」

我第一次聽說。居然會有偵探叫這麼古怪的名字。這部片沒問題嗎？

「然而對我來說一切都是初次經驗，讓我一直苦惱於該如何塑造角色……但到頭來還是沒什麼頭緒，所以想說乾脆從平常生活就當作自己是個偵探試試看了。」

「為了塑造角色而當起偵探啊。哦哦，所以妳才會自願幫製作人找貓是吧？」

「說來不好意思，但就是那樣……不過我擔心小露露也是真的喔！」

「然後就在這種時候讓妳遇上了正牌的偵探，於是一股衝動之下說要當徒弟了？」

「嗚嗚……請問……不行嗎？」

仔細想想，在船上如果要找尋遺失品之類的，其實只要拜託船上工作人員就好，本來沒有必要自己動身。就算是心地再怎麼善良的人，只出於一片善意就找貓找到自己全身沾滿蜘蛛網也是有點奇怪的事情。

「那部電影的原作是很紅的推理小說，假如觀眾評價不錯，聽說也有拍成系列作品的構想！但如果電影不賣座就不會有續集……而且像我這種沒有紮實累積過演戲經驗的外行人，今後肯定也會爭取不到什麼戲分。所以……這部片絕對要成功才行！我不會妨礙你工作的。甚至會努力幫上師父的忙！」

「嗯～……」

生。

突然跟我講這種話，老實說我很傷腦筋。而且我也沒勇氣背負起她今後的人生。

然而我對於偵探工作的信念，也沒強烈到被她拜託成這樣還能毅然拒絕說「外行人在一旁亂搞只會妨礙工作，我不需要礙手礙腳的傢伙！」這種話的程度。

「求求你！」

因此像這樣被人極力懇求，我就怎麼也無法拒絕。我這個人的個性上就是有這樣的毛病，過去也由於這樣吃過不少虧。

「唉……好啦，隨妳高興。雖然我不認為這樣對塑造角色會有什麼幫助就是了。」

現在與其貿然拒絕，不如稍微滿足她一點願望應該比較好。雖然這樣我搞不好又會吃虧，但畢竟人的個性不是那麼容易就能改變的。

話說回來，她為了塑造角色竟然能夠做到這種地步，真是了不起的熱情。說不定將來會成為很出色的演員呢。

「不過，我是個偵探的事情拜託妳務必保密喔。這是工作上的規矩。」

「我明白了！關於身分是最高機密，是吧！感覺好像間諜呢！」

「是偵探啦。言歸正傳，妳是在哪裡看到貓……看到露露的？妳說牠是三色貓對吧？」

「呃～就在這一層更後面的地方。雖然我只是瞄到一眼，但絕對不會錯。可是……」

她忽然變得有點難以啟齒的樣子。

「難道牠有受傷之類的？」

「不，小露露看起來很好。只是牠背上好像背著什麼奇怪的東西。」

「背著東西？是什麼？」

「我也不曉得。大概……像背包之類的？」

貓咪背著一個背包逃家？又不是童話世界。

由於自己送上門的實習偵探灰峰百合羽說她有看到露露，於是我們來到了她所說的二樓後半部分。

「露露～！小露露～！」

百合羽毫不在意其他的人目光，大聲呼喚著露露的名字。該怎麼說，態度真是拚命。

「果然已經不在這裡了呢。我剛剛看到牠在這走廊上朝著那個方向『咻——！』地跑過去……」

「等等，百合羽。妳看這個。」

我在轉角牆壁較低的位置發現一項令人在意的東西，於是跪下來確認。是被爪子抓過的痕跡。

「發現線索。」

「太棒了！師父真厲害！」

一起趴到地板上確認痕跡的百合羽接著小腦袋一歪，看向我的臉。

她那樣毫無防備的動作害我趕緊起身。實在丟臉，我竟然心動了一下。

「話說牠居然在看起來這麼高級的壁紙上磨爪子，總覺得是隻壞貓啊。還是別找算了。」

「請你別這麼說呀！然後呢，請問接下來要怎麼做？」

我抬起頭，看見前方是一道樓梯，分別可以通往三樓與一樓。

「上還是下？」

「分頭嗎？」

「沒錯。」

既然現在有人手就要有效利用。於是決定由百合羽負責去樓上，我去樓下。

在分頭行動之前，我們先互相交換了聯絡方式。

「百合羽，萬一發生什麼危險的事情就馬上聯絡……」

「好、好的。只要立刻向師父求救就可以了吧！」

「我會聯絡妳，到時候妳就立刻趕到我的地方來。」
「……原來我是救人的一方呀。」
「啊！不對！嗯，當然我也會去救妳的。相互支援。」
「是！我也會小心注意！師父也不可以死喔！」
「有如此心地善良的徒弟，我可真幸福。」
「什、什麼心地善良的，才沒那回事呢！那種話，我要綁上蝴蝶結原封不動地奉還給師父！」
那樣精心包裝奉還反而會有種完全拒絕接受的感覺，讓人有點小難過啊。
「總之我沒問題，不會死的。讓我們平安找到露露，活著重逢吧。」
不經意中開始演起的這段誇大鬧劇劃下句點後，我和百合羽便分頭行動了。
沒錯。我由於心中對於死亡根深柢固的恐懼而忍不住講出了很沒出息的發言，但如果只是找個貓也會死，有幾條命都不夠用啊。
再說，這又不是什麼故事作品中的虛構世界，假若殺人事件會發生得那麼輕易頻繁，誰受得了嘛。
我在一樓的走廊上直直往前走，前方是個像倉庫構造的空間。雖然應該不是來賓止步的區域，不過由於並非預定讓乘客出入的場所，所以沒有什麼華麗的裝飾擺設。

乘客們一般會利用的樓層是二樓以上。

我向經過一旁的男性工作人員說明狀況，並詢問是否可以進去裡面找貓。結果這位身材很高卻有點駝背的工作人員很爽快地答應了。

在離開之前，我姑且也問了他一下是否有看見露露。

「三色貓嗎？我沒看到。不好意思。」

他摸著深深遮住眼睛的帽舌，很有禮貌地如此向我道歉。

「不會不會。」

「啊，不過既然是貓，會不會被氣味引誘到廚房的方向去了？」

「廚房在哪裡？」

「在樓上。」

那麼我選錯邊了嗎？

不過為了保險起見，我決定還是稍微找一下倉庫深處。

於是我往裡面走，來到一塊寬敞得有如大廳的空間。這裡或許用來存放船上使用的物資，有許多邊長一公尺左右的木箱子高高堆疊到甚至必須抬頭仰望的高度。

「這裡燈光挺暗的啊……」

雖然我剛才對百合羽講得那樣大言不慚，但現在已經被現場的氣氛嚇得有點退縮了。

「在這麼昏暗的地方，要是有人躲在貨物後面也很難發現吧。搞不好會有個身高兩公尺、手持電鋸的男人突然冒出來把人鋸成兩半。」

我開始預測起這種絕對不可能發生的事情。

「然後跟屠宰解體過的豬肉一起被吊在冷凍庫裡……」

忍不住妄想著最為糟糕而且根本不需要去想的可能性。

這是我根深柢固的壞毛病。無可救藥又毫無意義。

「就算不會發生那種事，這些木箱子搞不好也會因為某些原因忽然朝我倒下來……假如當場斃命也就算了，但如果只是下半身被壓扁而無法動彈，只能在痛苦之中一點一點慢慢死去之類的，我絕對不要啊。」

自己嚇自己的想像讓我全身發抖起來。

我好怕死。

我不想死。

然而越是害怕，越是不想，就越會忍不住思考。

就在這時，口袋中的手機忽然震動，害我差點叫出聲音來了。

「搞什麼，老爸的簡訊啊……何必偏偏挑這種時候。」

我一邊抱怨一邊打開簡訊。

——大往生愚兒蟲，你可有努力在做那些平凡無趣的工作？我看你八成正怕得發抖吧？

我還想說是多重要的內容，結果竟然只是在嗆我。

「什麼大往生恩兒蟲啦？自以為幽默嗎？（註1）」

真是火大，我不想回訊息了。

「啊啊，不行不行。不能再這樣窩囊！」

我拚命提振自己的心情，並調查四周。

倉庫裡除了木箱子之外，還有堆積如山的鐵管支架、單輪車以及萬國旗等東西。

「單輪車？國旗？為什麼這種東西會……哦哦，原來如此。是剛才的……」

我稍遲一拍才注意到那些是馬戲團的表演道具。

「公演結束之後，他們是把舞臺裝飾跟道具收到這裡來啊。」

然而我沒看到那個顯眼的巨大丑角氣球。畢竟明天也有表演，所以較大的東西就留在甲板上沒有收進來吧。

一旁還有那幾輛刺激男孩心弦的越野機車。

註1 「大往生恩兒蟲（Daioujyou gusokumusi）」的日文發音近似「大王具足蟲（Daiou gusokumusi）」。

「話說馬戲團的人也真辛苦啊。像機車的保養維修也都是在這種地方做嗎？」

我蹲到機車前面，用指尖摸了一下車輪。

「而且感覺會被海風侵蝕到生鏽呢。」

就在這時，我聽到一聲軋響。

於是我的視線被吸引到右斜上方。

在那裡——懸掛著一名陌生男子。

「…………咦！」

不對，正確來講他是被吊著脖子。

隨著船身搖晃，男子的身體有如鐘擺似地左右擺盪。從他的腳尖到地板大約相隔一點五公尺的高度。

臉頰消瘦的他給人印象好像不太高興的單眼皮眼睛大大睜開，從嘴巴伸出有如假道具般的大舌頭。

瘀血的臉就像顆熟到爛透的果實。

「死……！」

死了。我的直覺、我的本能告訴我，這男人已經死了。

好恐怖、好可怕。好痛、好苦。好難受、好危險、好討厭的死，就懸掛在我眼前。

「啊啊……為什麼讓我撞見了這種景象……」

我不是第一次看到人的屍體——但也不表示看過很多次就已經習慣沒事了。不過——雖然這樣講可能很過分——老實說，比起同情我更感到鬱悶。因為既然讓我看到，我不就必須扯上關係才行了嗎？

我好歹自認是一名偵探，那麼總不允許對這種狀況視而不見吧？

於是我感受著混亂與戰慄的餘音，首先對遺體雙手合十。

「……沒救了……嗎？」

接著重新調查男性的身體，但他果然已經完全喪命了。

「年齡大約二十五歲上下吧。嗯？這是、維修機車用的……？」

將男人懸吊在半空中的，是一條掛在電動吊機掛鉤上的皮帶。所謂吊機，是指能夠利用繩索把重物吊上吊下的機械。

從天花板垂下一個用電線連接的遙控器，上面有上下兩個按鈕。這是按著按鈕就能操作吊機，而只要放開按鈕就會停止的類型。

我猜應該是馬戲團的機車騎士們為了維修愛車們，而把這臺吊機裝到倉庫天花板上的吧。

畢竟如果能夠把機車懸吊起來，保養維修應該會比較方便。而且要上吊自殺也比較容易。

哪～嗚。

這時，我聽見了在這個情景中顯得很突兀的聲音。

我確實聽到了。如果沒有被郵輪的引擎聲響掩蓋，應該可以聽得更清楚。

「這聲音是……？」

即使我豎起耳朵，也沒再聽到了。那個不同於機械聲響，聽起來莫名粗野而獨特的聲音。

那究竟是什麼？我聽錯了嗎？

雖然感到在意，不過我決定暫時先擺到一旁。

該確認的事情都確認完畢後，我拿起手機打給那位勤勞的助手。

結果才響一聲，她就接起電話了。

「喂？莉莉忒雅？」

「由於某些理由，我現在人在船內一樓的倉庫，稍微發生了一點嚴重狀況……什麼？現在射飛鏢正起勁？為什麼妳真的在玩啦！總之妳快點去跟附近的工作人員說，是屍體！在一樓倉庫發現屍體了！是自殺……啊。」

我如連珠砲般一句接一句講到途中，忽然發現在距離懸掛男子幾公尺遠的地方有一支手機掉在地上。在有點昏暗的倉庫中，那手機螢幕發出的光向我主張著自己的存在。或許因為掉下來時受到衝擊，螢幕上都是裂縫。

「手機沒鎖啊。不，更重要的是，仔細想想——」

我這時總算注意到現場這個上吊自殺的狀況本身存在的疑點。

「這麼說來，屍體的位置也太高了……」

假如這男人是自己按著遙控器的按鈕把自己吊上去，頂多到腳離開地板幾十公分的時候就會把脖子勒緊了。當然這時就會變得無法呼吸，意識想必也會模糊起來。不管再怎麼強壯的人，到了這種狀態下應該都會把遙控器放開才對。

只要遙控器脫手，手指就會放開按鈕，吊機也就停止再上升了。

然而現在這男人的身體卻距離地板有一・五公尺之高。

換言之——

「操作遙控器的人不是他，是除了他以外的什麼人。有個人持續按著上升按鈕。」

去死，去死，給我去死——

強烈的殺意、亢奮或者為了讓男人死得徹底，而把他高高往上吊起。

「是他殺……殺人……」

那麼當時操作遙控器的人物就有罪了。將一名男人的性命奪走的罪。

餐廳、酒吧、馬戲團、游泳池——這艘船上什麼都有，宛如一座小城市。然而卻沒有警察局。既然如此，就必須有誰把那罪犯抓出來才行。即使不判刑制裁，也要將它揭露。

這時，掉在地板上的手機進入休眠狀態。彷彿象徵著主人逝去的靈魂，螢幕頓時變暗。

這景象讓我又發現自己看漏的一個疑點。

「……到現在才休眠？在這個時機？」

我忍不住趴到地上，探頭觀察畫面變得全黑的手機。

「嗯？這是……？」

螢幕上有留下用手指滑過的痕跡。由於天花板上的燈光角度，讓變成全黑的手機螢幕浮現出那道痕跡了。

「這是用手指解除螢幕鎖時留下的痕跡吧。」

如果正常來想，這應該是手機主人的手指痕跡。是在九宮格的點上一筆畫出軌跡解鎖的方式。

假如以為沒有告訴別人軌跡圖案是什麼就可以放心，哪天當你在睡覺時你太太或情人就會透過螢幕上留下的手指痕跡，偷偷解除你的手機鎖——我曾經在電視或者什麼地方聽過這樣的話。雖然這種事情跟我無緣就是了。

只要沿著那個手指痕跡滑動，應該就能將受害男子的手機解鎖。運氣好的話，裡面搞不好會有日記或遺書之類跟他的死有關聯性的情報。

就算什麼都沒有，也能藉此推斷出這很可能是一樁偽裝成自殺的他殺事件。

「雖然這感覺是在暴露死者的隱私，很不好意思，但請恕我失禮一下——」

正當我準備觸碰手機螢幕的時候——忽然被人從背後架住身體。

「嗚……！是……………咳！……！」

我本來想大叫「是誰！」可是從喉嚨深處冒出來的卻不是聲音，而是大量鮮血。黏糊糊的血液。

緊接著，我就變得再也無法吸入空氣。

我甩開身後的什麼人，當場倒在地上。痛苦掙扎的同時把視線往下移，看見有一把短刀深深刺在我的喉嚨上。

「什……麼……！」

即使我用雙手拚命壓著喉嚨，鮮血依然繼續噴出。我已經死定了。

雙腳開始變得癱軟無力。

仰天看向上方的視野中有個人影，某個人站在那裡低頭看著我逐漸死去。

從背後把刀子刺進我喉嚨的某個人……

這傢伙就是將被害者偽裝成上吊自殺的凶手。

凶手……就在我眼前。

然而——可惡！我失血過多了。

眼睛……模模糊糊的看不清楚。

凶手是誰？

是男的？是女的？

年齡呢……特徵……呢……

偵探實在是有幾條命都不夠用的職業。

啊啊，真的。

死亡很恐怖。

所以我討厭死亡。

不管是自己的死還是別人的死都一樣，全部討厭。

總之，幸好我昨天已經寫好遺書了。

第三章 就這麼死翹翹啦

在一片茫然的意識中，我緩緩睜開眼睛。模糊的視野逐漸聚焦，我看到眼前是莉莉忒雅無比精緻的臉蛋，後腦杓則傳來她柔軟的大腿觸感。

見我意識完全清醒後，莉莉忒雅一如往常地恭敬迎接我。

「歡迎『回來』，朔也大人。」

「嗚……咳！嘔嘔！」

我激烈咳嗽，把一團血吐出來後，坐起上半身。

接著保持坐姿，回頭看向莉莉忒雅。

她姿勢端正地跪坐在那裡，雙眼筆直望著我。身上的洋裝沾滿鮮血。

就連她的臉頰與雙手也同樣沾有血液，而且都已經乾了。當然，那些全部都是我的血。

每當我被殺的時候，莉莉忒雅總會陪在身邊等待我甦醒，並且毫不猶豫地任由我的血、淚或嘔吐物沾到自己身上。

接著當我復活之後，她就會用混雜著無奈、取笑、正經與慈愛等各種感情的語氣這麼說：

「你又被殺了呢，朔也大人。」

「……看來是這樣。」

被殺了。又被殺了。

「你是被一把短刀直直刺進喉嚨而死的，實在太大意了呢。」

雖然我對於被殺時的記憶有點模糊，不過清楚記得湧上口中的血腥味。

我像個睡過頭的人一樣「啊！」地確認手錶。

「朔也大人沉睡了一個小時又六分鐘。」

地點沒有改變，還是一樓的倉庫。

「我是在這裡被殺的……那時候……」

我回溯生前的記憶，不禁沮喪。

明明那樣恐懼死亡，推想了種種可能性，但最後還是被殺了。殺得如此乾脆俐落。

「接到朔也大人的聯絡後，我帶著船上員工來到這邊的倉庫，就發現了渡乃屋捻彥先生以及朔也大人的遺體。目前我請工作人員將這件事情對外保密。」

「感謝妳的精明能幹……度乃烏？妳說誰？」

「渡乃屋捻彥。就是另外那位上吊的死者。」

「已經查出被害者的身分了？」

「因為他身上有身分證。而他的家人們現在都留在房間中，沒有外出走動。畢竟自家人遭到殺害，要說當然也是當然的。」

「家人……渡乃屋捻彥是一家人搭這艘船的？」

「是的，各位都非常憎恨朔也大人。」

「我也不是自願被殺掉啊。是有人從背後忽然偷襲我……嗯？」

由於莉莉忒雅向我報告狀況的語氣實在太平淡，害我差點漏聽其中奇怪的部分。

「妳剛說什麼？憎恨？我嗎？」

為什麼？

「因為從現場狀況判斷，被認為是朔也大人殺害了捻彥先生。」

「為什麼會那樣！」

「請看右手邊。」

「……導遊小姐嗎？」

「不是那樣。請看捻彥先生的遺體腳下。」

我把還殘留在喉嚨的血液吞回肚子，並照她所說地看過去。

遺體還懸掛在同一個地方。雖然應該是為了保存現場，但到現在還沒被放下來也太可憐了。

在動也不動的捻彥腳下，有一把形狀似曾見過的短刀掉落在地上。

「朔也大人是被捻彥先生用那把刀刺到喉嚨而殺害的——這是目前大家的推測。」

那是馬戲團表演中投擲飛刀的節目所使用的短刀，無論刀刃或握把部分都沾有已經快要乾掉的血液。

「根據調查，在那邊有個收納飛刀用的箱子。然而在管理上有些隨便的樣子，箱子並沒有上鎖。」

的確，這地方除了是倉庫以外，也被當作放置馬戲團各種大小道具的場所。

「另外在捻彥先生的手掌上也沾有跟短刀上同樣的血跡。從雙方的乾燥程度判斷，應該都是朔也大人的血。如果光從狀況上看起來，可以合理推測是捻彥先生斷氣的同時短刀從他手中脫落，於是就像這樣掉落在地板上了。」

「不對不對！什麼短刀！我發現他的時候根本沒握著那種——」

「事情就是這樣的：朔也大人基於某種動機試圖吊死捻彥先生，卻遭到捻彥先生臨死之際用預先藏在身上的短刀反擊，刺到了喉嚨。然而朔也大人同樣發揮天生的堅強骨氣，擠出最後的力氣將捻彥先生高高吊起，確實斷送了他的性命。後來朔也大人自己也力竭倒地，就這麼死翹翹啦。」

「不要最後講得那麼俏皮啊。」

於是現場留下了兩具遺體。這就是莉莉忒雅與船上員工趕到這裡時看見的景象。

「我剛才講的這些終究只是船員們的推測。」

「那是誤會！我不是凶手！反而應該說是受害者啊！妳看我可是真的被殺了！」

「當然，莉莉忒雅相信朔也大人。但畢竟死人不會講話。各位就是看朔也大人已經離開人世無從反駁，便擅自推論臆測，將朔也大人當成凶手了。」

「好不容易復活卻被當成凶手看待可一點都不值得啊。」

「不，我認為反而應該為此開心。」

莉莉忒雅五官端正的臉蛋露出斯文的微笑，並握起我的手。

「朔也大人像這樣可喜可賀地復活了，不再是什麼死人。那麼自然就可以講話，要怎麼為自己辯護都行呀。」

「……感覺事情會變得很複雜呢。」

不過莉莉忒雅說得對，自己遭受的嫌疑就只能靠自己的手洗刷。

「首先去拜訪看看能不能讓我跟那個渡乃屋一家見個面吧。」

我說著，一邊確認自己的身體狀況一邊站起身子，結果稍微暈了一下。是貧血。

「是，不過……」

一件白色襯衫被遞到我眼前。

「在那之前請先去換個衣服吧。」

被她這麼一說我才發現，我的衣服被自己的血沾染得一塌糊塗啦。

□

就算被殺，也能復活。

即便死了——還能復甦。

我不確定自己是從什麼時候開始變成這樣的。

總之當我注意到時已經如此。

假如我的身體有所謂的設計圖，那麼肯定是神明熬夜加班，最睏的時候半睡半醒畫出來的吧。

追月朔也這隻生物不管被殺害幾次，都會重新活過來。

就算期望著、祈求著別再讓我復活，依然無論多少次都會死而復生。

光是至今扯上關係的事件中，我就死過了不少次。一路來不斷遭到殺害，斷送性命，心肺停止，離開人世，歸天臨終。

我自己也搞不清楚為何總是會被殺掉。莉莉忒雅每次都說我太粗心大意、不夠謹慎。但就算她這麼講，我也不是自己願意被人殺掉啊。

不曉得為什麼，每次都是死神主動跑來找我。伴隨某種我無從抵抗的引力，有如命運般纏著我不放。

我只能夠反覆地被殺，然後每次死而復生。

不死之身——我想不能這樣講。

所謂不死之身，指的應該是怎麼殺也不會死，強大得超乎常人，無敵且無與倫比，像老爸那樣的存在才對。

正因為如此，追月斷也才會被人們稱為不死偵探。

但我不一樣。

我毫無疑問地會被殺死，然後復活——且不是我自願的。

所以我的狀況想必不叫作不死之身。

我既非不死，而且每次死亡都毫無例外地會受到痛苦與孤獨折磨。

因此我比世界上的任何人都恐懼死亡、厭惡死亡。

假如有人嘲笑我太膽小，我每次都想要這麼回嗆：

那麼你有死過的經驗嗎？

你知道那有多痛苦、多絕望、多孤獨嗎？
這就叫過來人才懂啊。

□

換完衣服後，我和莉莉忒雅便立刻離開了成為案發現場的一樓倉庫。
「這麼說來，在朔也大人沉睡的這段期間發生了一點事情。」
莉莉忒雅一邊折著我那件沾滿鮮血的襯衫，一邊如此說道。
「什麼事情？」
「那起劫機事件被媒體報導出來，對外公開了。」
「哦哦，那邊的事情啊。」
「現在船上人們的關注焦點似乎也都放在那起事件上的樣子。」
跟船內默默發生的殺人事件相比起來，那確實是本世紀的一大事件。不過當然，那並不是應該拿來比較的事情。
正當我們準備走上樓梯回二樓時，剛好碰到幾位下樓來的船員。
「咦！客人……！為什麼！活著！客人不是死了嗎！哇啊啊！」
他們似乎知道發生事件，結果見到我若無其事走動的樣子就當場尖叫腳軟了。

這也怪不得他們。

「請、請問客人您、不是應該已經死了的嗎！」

身為員工的敬業態度與打從心底的驚訝情緒混雜在一起，誕生了這樣一句莫名其妙的日文。

「呃～因為種種因素……」

這下頭痛了。

當然我也不想要把這種怪異而令人難以置信的體質公開，所以每次也會煞費苦心，盡可能不讓別人發現這件事。

然而凡事總有個極限。

遇上被人激動追問「究竟是怎麼回事！」、「為什麼你能夠活著走動！」的狀況還是不少。

那麼要說到這種時候如何撐過難關嘛——

「請各位不用擔心。如各位所見，本人透過祖國祕傳的復甦術讓朔也大人勉強救回一命了。」

就像這樣，我優秀的偵探助手——莉莉忒雅會出面幫忙解圍。

「什麼復甦術……就算那樣……」

「請不用擔心。」

這種解釋就連我都聽得快要腳軟了。

但即便內容亂七八糟，現實中我就是活著。而大部分的人都寧願相信自己親眼看到的東西，所以每次用這種說明總能蒙混過關。

像這次船員們也面面相覷後，最終還是接受了這項事實。

等他們冷靜下來後，我決定詢問一件事情。對，在這裡直接問他們是最快也最確實的。

「話說，請問渡乃屋先生的家人們現在在幾號房呢？我想要去跟他們談談關於真凶的事情。」

渡乃屋一家據說被集中在一間船上員工臨時準備的房間裡。

「這裡嗎？」

事件發生後馬上與被害人的遺屬見面——而且還是在對方認為我是凶手的狀況下——老實講心情真的很沉重，但我還是做好覺悟，敲一敲門。

「這裡可沒叫什麼客房服務。很抱歉我們正在忙……」

然而打開門探出頭來的卻不是渡乃屋家的人，而是刑警漫呂木。

「咦咦！你、你你！」

他一見到我的臉就大叫起來，往後退到房間裡。

「朔也！你……不是應該死在倉庫……！我記得你死了吧……？還活著嗎……原來你還活著嗎？總不是鬼吧？」

正如這反應所示，漫呂木並不知道我有特殊體質的事情。

「關於這點等一下再談。漫呂木先生，請問大家都聚集在這房間內嗎？」

「你說被害人遺屬？是沒錯啦……啊、喂！」

「打擾一下囉。」

我穿過漫呂木先生旁邊進入房內，便看到這間排列有沙發的房間中有四個人。

靠近房門的雙人沙發上有一名年約五十多歲前半的男性。雖然身材微胖但不會給人不健康的印象。他大概就是一家之主吧。

坐在旁邊的　位年約四十五歲上下的苗條女性應該就是他夫人不會錯，身上穿著一套看起來相當高級的和服。

對面一張四人坐沙發上有一名少女用小鳥坐的姿勢坐在最邊邊，應該是那對夫婦的女兒。然後稍遠處站著一位大塊頭的年輕男子，大概是跟少女歲數有些差距的哥哥吧。那位哥哥似乎剛從冰箱拿出一個杯裝冰淇淋，正為了打不開蓋子而傷腦筋的樣子。

以上似乎就是渡乃屋一家的家族成員。

他們一起看向突然闖入房間的我。原來如此，這些人的確是被害者的家族沒錯，大家的單眼皮眼睛都長得很像。

同時，我發現了一件事。

這個家族，我有印象。

就是在馬戲團公演的時候跟葛城交談過的那個家族。

「你、你是……」

一家之主用顫抖的聲音如此說道，緊接著被他女兒的尖叫聲掩蓋。

「呀——！喪屍！」

真是理所當然又健全的反應呢。

根據莉莉忒雅的說明，他們一家人有到案發現場確認過捻彥的遺體，同時也看過我的屍體。而現在那具屍體竟然一臉若無其事地跑到房間來，會有這樣的反應也怪不得他們。

「不好意思，打擾了。我叫追月朔也，是一名偵探。」

我為自己失禮的行為致歉，並表明身分。

可是沒有一個人對我表示歡迎。既不跟我握手，也沒招待我喝些什麼。

「你說偵探？應該是凶手才對吧？」

「我只是一名偶然被捲入事件之中的——偵探。」

雖然有些麻煩，不過我和莉莉忒雅又重新上演了一段和剛才向船員們解釋時完全一模一樣的戲碼，安撫大家的情緒。

「什麼救回一命……你那傷勢……」

夫人依然半信半疑的樣子。

「我運氣比較好。」

「就算運氣再好……我可是看見你的頸動脈流出了多到不像話的血量……」

老爺如此反應。

「是的，所以我現在有點貧血呢。」

我開了這樣　個無聊的玩笑，同時向站在我旁邊的漫呂木瞥了一眼。而他似乎明白我的意思，於是為我簡單介紹起這家人。

「從這位開始依序是這家的老爺渡乃屋菓子彥先生、夫人輪子小姐、長女味子小姐以及——」

「我是長子甘彥～哎呀～你的生命力可真強啊～」

長男不等漫呂木介紹就自己報上名字。他好像終於成功打開了冰淇淋杯的蓋子。

「各位是全家人一起搭郵輪旅行嗎？花錢可真大方呢～」

一家五口的旅費計算起來，絕不是一般平民能夠輕易負擔的金額。或許他們是所謂的上流人士吧。

「什麼真大方，人家可是那個渡乃屋製菓公司啊！這位就是老闆菓子彥先生。」

漫呂木這時插嘴進來責備我的失禮。

「嗯？你說的是……哦哦！渡乃屋製菓！」

對了，剛才馬戲團的簡介手冊上，贊助協辦企業之中就有列出這個名字。講到渡乃屋製菓，是很出名的點心製作公司。

「大家哇哈哈～笑臉的渡乃屋（Watanoya）～♪對吧！那首有名的電視廣告曲！」

我記得小學的時候經常聽到電視在播。

「沒錯！就是那間長年來不斷追求各種獨特風味的老字號公司！」

「為什麼是漫呂木先生講得那麼激動啦？」

渡乃屋製菓。印象中以前在電視的特別節目有介紹過，他們在國外擁有廣大的甘蔗田，而且出口商品也遍布全球的樣子。

這麼說來，那個電視廣告好像不知不覺間就沒播了。

「那種以前的電視廣告根本不重要！」

味子再度如此大叫。

「你這人到底是來幹什麼的！」

她抱著大概很心愛的鯨魚布偶，雙眼狠狠瞪向我。年紀看起來十一、二歲，和母親很像，是一位個性強悍的美女。

「真虧你殺了捻彥哥哥還敢大搖大擺跑來見我們！」

考慮到狀況與心情，她會這麼生氣也很正常。於是我乖乖鞠躬，並向她說明：

「很抱歉讓妳的心情那麼不舒服。我是來解開那項誤會的。」

「誤會……？」

菓子彥先生彷彿由衷感到無法理解似地皺起眉頭。

「很簡單。各位似乎都認為我是殺害了捻彥先生的凶手，但其實凶手另有其人。首先，我和捻彥先生之間完全不相識，根本沒有所謂的動機。」

「那搞不好是上船之後才互相認識的啊。動機也可能是由於一點小小的摩擦越吵越激烈，結果一時衝動就殺了人吧？」

「假如光論可能性，老爺說的確實沒錯。但即便如此，我依然可以篤定表示，這起事件的真凶另有其人。」

「為什麼……」

「因為我本身就毫無疑問遭到捻彥先生以外的第三者襲擊，親眼目睹也記得這件事。」

「什麼記得這件事……」

菓子彥先生看起來徹底感到困惑。那表情就像在卡牌遊戲中被人出了老千的小孩子。

這確實是出老千。因為遭到殺害的被害者本人竟然復活過來，向別人說明自己被殺時的狀況。

現實中如果能辦到這種事，世界上的推理小說就都不成立了。畢竟這樣就根本沒有必要絞盡腦汁進行推理啦。

然而我正在做的就是這種行為。根本不配稱為一名偵探。這完全是出老千，是犯規行徑。

所以我才會是個半吊子的偵探。

「但是從現場狀況看起來，怎麼想都覺得凶手就是你喔？」

甘彥用湯匙挖起冰淇淋如此表示。

「不，這裡沒有鑑識人員，案發現場也沒有仔細調查過。就現況來講還說不準。」

漫呂木為我進行了令人高興的掩護支援。雖然他本人應該沒有那種意思，只是站在刑警的立場上陳述事實而已。

不過我依然抱著感謝之意將視線看向漫呂木，他卻一臉厭惡地臭罵起來：

「哼，我就知道。當我在船上看見你這張臉的時候就有不好的預感了。結果你瞧，發生了吧？果然發生了吧？事件！而且還是殺人事件！簡直讓人受不了！」

「請不要找我這個好不容易撿回一條命的人出氣啊……總之言歸正傳，就像漫呂木刑警所說，我和捻彥先生互相殘殺而死的見解，只是從現場狀況得到的第一印象罷了。只要冷靜下來仔細觀察，就可以發現不自然的疑點。」

「怎麼不自然？」

「問題就在於我被殺……不對，我倒下的地點。當時我倒下的位置，和懸吊在半空中的捻彥先生遺體相隔了好幾公尺。」

「那又如何？」

「假如捻彥先生在被吊著脖子的狀況下拿刀刺我進行最後的抵抗，那麼我必須站在他附近，否則短刀根本刺不到我。然而事實上我卻倒在距離他相當遠的地點。」

「搞不好是你被刺了之後，一邊痛苦掙扎一邊後退，最後倒在遠處啦。」

「那樣不對喔，味子妹妹。如果喉嚨被刀深深刺傷，不管是誰都難以避免噴出大量的血。像我實際上就流了很多血。如果在那樣的狀態下移動，應該會在地板上留下斑斑血跡才對。可是現場並沒有看到那樣的血跡。」

我流出來的血只有落在我倒下的地點附近。

「這是某個人用刀刺傷我之後，又讓捻彥先生的手握了一下那把凶器。一方面為了讓刀子的血沾到捻彥先生手上，同時也為了讓刀子沾上他的指紋。」

「意思是說凶手為了嫁禍給你這人所以偽造了現場嗎……？」

味子明明年紀還小，卻知道這麼難的用語呢。

「雖然我並不是要追加辯護的意思，不過……」

莉莉忒雅這時站出來發言。

「另外還有一點，請問可以讓我說明一下嗎？」

「就麻煩妳了，莉莉忒雅。」

「那麼——」

由於她剛才一直隱藏自己的存在感，因此現在大家的視線一口氣都聚集到她身上了。

「其實我想說當朔也大人需要洗刷罪嫌的時候也許可以派上一點用場，所以在他還沒醒來之前，我稍微調查了一下那個電動吊機的遙控器。」

「喂！妳怎麼可以擅自亂來……我會傷腦筋啊。」

漫呂木雖然想怒罵莉莉忒雅，但或許見到這少女的態度實在太過堅毅而不禁退縮，結果講到最後變得支支吾吾了。

「我用湊巧帶在身上的自備指紋採檢工具組檢查了一下，看看遙控器上有沒有留下什麼指紋。」

「莉莉忒雅，原來妳為了我做過那種事。」

她的忠義心令我忍不住心頭一暖。

「不，什麼自備的指紋採檢工具組啦……」

不知是誰講出了這樣一句理所當然的吐槽。但莉莉忒雅是真的隨身都會攜帶著這類小道具。

「原來如此，採檢結果證明了按鈕上根本沒有留下什麼我的指紋對吧？」

「採檢結果是，上面只有留下朔也大人的指紋。」

「那不是不行嗎！」

漫呂木露出「果然凶手就是你啊」的眼神朝我看過來了。

「並不是不行。重點在於只有留下朔也大人的指紋。並非留下許多不同人物的指紋，而是只有朔也大人的指紋被採檢出來。馬戲團的團員們平常都會使用這臺機械，而既然有觸碰按鈕，上面應該就會層層疊疊地沾上其他人的指紋才對。然而現在卻只有採檢出朔也大人的指紋。這表示當時觸碰過按鈕的凶手擦掉自己的指紋，然後為了進行偽裝而抓起朔也大人的手，將他的手指按到遙控器上了。」

真是清楚明快的推理。

「當然，也有可能是馬戲團的團員們平常都會仔細清潔遙控器，不過這點只要等一下去打聽看看就能知道了。以上，感謝各位的聆聽。」

莉莉忒雅如此總結後，對在場所有人行了一個屈膝禮，並退到我身後。

沒有任何人提出反駁的話語。

「嗯～雖然有些話我很想說啦，不過總之我接受妳的主張吧。」

如此為我投下清白一票的，是長男甘彥。

「但是……我兒子遭人殺害的事實依然沒變……受不了那傢伙……每次總是這樣……」

菓子彥先生身為一家之主似乎努力想要保持平靜，然而他握著的拳頭還是微微顫抖著。

他的心情不難理解。但他最後脫口而出的話語實在不可漏聽。

「那個一族之恥……」

也許他已經盡可能壓低聲量，不過我還是聽見了。漫呂木似乎也一樣，於是他往前踏出一步，詢問菓子彥先生：

「您說一族之恥請問是什麼意思？」

「那、那是……」

「恕我失禮，請問令公子生前的品行是不是不太良好？」

如此語氣禮貌但直言不諱的人，是莉莉忒雅。

「我這麼說並沒有要貶低故人的意思。只是當我觀察捻彥先生的遺體時，發現他右手的拳頭部分有瘀青舊傷痕跡。」

這是連我都還沒聽說的情報。

「拳頭有瘀青？該不會是毆打人或東西的時候會留下的那個？類似拳擊選手所

謂的拳繭？」

拳頭的特徵啊。這我還真的漏看了。

「正是那樣。」

「原來如此。呃～請問捻彥先生平常有練拳擊的興趣……之類的嗎？」

我向那一家人確認，不過並沒有那樣的事實。

那麼拳頭會留下那種瘀青痕跡的理由，除此之外我只能想到一個了。

就是打架。

「說來慚愧，小兒……捻彥他……從以前就脾氣不好。在外頭頻頻惹是生非，然後總要我或妻子幫忙出面道歉……」

「每次都只會喝醉酒跟人打架……爛透了。」

味子呆呆望著天花板，或許在回想哥哥生前的所作所為吧。

「雖然這感覺在宣揚家醜很丟臉，但捻彥原本品行就很差，經常到處跟人起衝突……這次坐船旅行的期間我本來也很擔心他會不會惹禍……沒想到竟然發生這種事……」

知名點心製作公司家中的公子品行不良。這對於站在老闆立場的菓子彥先生來說想必是不太願意公開來講的事情吧。

「他在我們家族不知情下又跟什麼人起口角結了怨，結果被殺掉……這次的事情只要這麼想也就可以理解。雖然做為家長實在感到很沒出息、很悲哀就是了……」

捻彥會遭人殺害的理由不難想像——菓子彥先生講的就是這個意思。

「呃～……我知道真凶似乎另有其人了。那麼說到底，你究竟有沒有看到凶手的長相？你不是被攻擊嗎？」

漫呂木雖然表現得沒有像一家人那樣完全理解原因，不過還是姑且接受這個說法，讓話題繼續講下去。

現在可以說多虧莉莉忒雅出面說明，讓我的嫌疑大致上洗刷了。然而那也只是暫時性的。假如接下來沒有找出真凶，搞不好就會暫訂我是凶手。

因此我現在希望盡全力證明自己的清白，但遺憾的是我並沒有什麼決定性的情報。

「關於這點，其實我也沒有清楚目擊到凶手的長相。畢竟對方是從我背後突然這樣的。」

我說著，做了一下像是拿短刀刺自己脖子的動作。結果輪子小姐似乎不太喜歡地瞇起眼睛。

「我想真凶起初是打算讓捻彥先生看起來像自殺的吧。沒有把吊在半空的遺體藏起來，反而有如巴不得被人發現似地丟棄在那個地方，就是最好的證據。可是對方還沒完成偽裝成自殺的準備工作之前，我就來到了現場。真凶當時肯定是躲在什麼東西後面窺探狀況吧。」

我接著把捻彥假如是上吊自殺，他遺體的位置未免高得很不自然的事情也提了出來。

「想必是當我注意到這個疑點的時候，真凶也察覺自己失誤了吧。然後對方也發現我注意到捻彥先生掉落到地上的手機。」

「捻彥的手機？那有留下什麼證據之類的嗎？」

「嗯，漫呂木先生，那支手機現在——」

「我當然已經做為現場證據扣押了。」

漫呂木先生一臉無趣似地從大衣口袋中拿出了捻彥的手機。有確實收在一個夾鍊袋中。

「請你看看那螢幕表面有沒有留下汙漬？像是使用者的手指觸摸操作過的痕跡之類的。」

「不要指使我做事……螢幕的痕跡？」

漫呂木調整著房間燈光照射的角度，確認手機螢幕。

「沒有，雖然螢幕裂開了，但表面乾乾淨淨。」

不出我所料。

「也就是說被擦乾淨了。那樣很奇怪。因為當我被殺……咳咳，被襲擊之前確認那支手機的時候，它的螢幕上確實有留下手指滑過的痕跡。」

可是現在卻不見了。

「會不會是刑警先生有潔癖，忍不住擦掉了？」

味子提出這樣天真無邪的疑問。

「我才不會做那種事。這可是重要的證據啊。」

「換言之，就是真凶把它擦掉的。在襲擊過我之後。」

「也就是說那痕跡對凶手來講是非常不利的東西對吧？那你說當時螢幕上到底留下什麼痕跡？」

「M。英文字母的M。」

包含漫呂木在內的好幾個人都不經意地用手指在空中寫起字來。

「那該不會是手機的解鎖痕跡吧？」

甘彥如此說道。

「就是那個在九宮格的點上『唰～』一筆畫過的解鎖方式。」

「你意思說那形狀是M？」

味子表現出有興趣的樣子。

「那種解鎖方式雖然很輕鬆，但是就安全性來講我不太推薦。捻彥對於那方面很不講究就是了。」

甘彥的口氣給人一種他似乎有點瞧不起對方的印象。或許他對智慧型手機或電腦之類的最新3C產品懂很多吧。

「也就是說捻彥的手機裡有什麼決定性的證據，而犯人不希望被發現所以襲擊朔也，然後把螢幕擦乾淨了嗎？」

「那麼漫呂木先生，請你試試看解除那支手機的螢幕鎖吧。」

「說得對！M……M……」

漫呂木立刻隔著夾鍊袋操作手機，一邊嘴上小聲唸著，一邊嘗試解鎖。

「……咦？」

然而他解鎖失敗了。

「沒辦法解鎖喔？喂，你看到的確實是M沒錯嗎？」

「是M沒錯。不過，果然是這樣。」

「果然是怎樣啦？」

「也就是說的那個M並不是手機解鎖留下的痕跡。」

「那可能是死亡訊息吧。」

莉莉忒雅從一旁說出了直搗核心的關鍵詞。

雖然莫名有種在關鍵時刻被她搶了鋒頭的感覺，但現在沒時間跟她計較這種沒度量的事情。

「死亡訊息！就是被害者在臨死之際留下來給人推理出凶手是誰的線索對不對！」

味子在沙發上輕輕跳呀跳地如此說道。她剛才也講過偽造現場這種用詞，或許她私底下其實是個懸疑小說迷吧。

「最常見的果然還是凶手名字的第一個字母吧？那麼名字是M開頭的人就很可疑……啊……」

她自顧自地講著，然而到途中似乎察覺一件很糟糕的事情，臉色變得越來越鐵青，把頭低了下去。

「不……不是我……跟我沒關係！我真的什麼都不知道！」

M是味子（MIKO）的M。

她發現自己符合這項條件了。

「怎麼會！你想說我女兒是凶手嗎！」

「的確……只要利用電動吊機，就算是沒什麼力氣的小孩子也有行凶的可能……嗎？」

漫呂木自言自語似地呢喃起來。

「一定是搞錯什麼了！我家味子不可能做那麼殘忍的事情！再說，除了她以外名字是M開頭的人肯定還有很多！你們想想這船上有多少人呀！」

輪子小姐當場發揮母親的天性，大聲發飆袒護女兒。

「您說得沒錯，這艘船上有相當多人搭乘。因此我們首先應該將乘客與船員的名冊全部掃過一遍，篩選出符合M的人物。我想光是這樣應該就能把人數縮到很小的範圍了。接著再從裡面找出與捻彥先生相識，並且存在什麼恩怨的人物。最終人數應該能縮減到用一隻手就能算出來的程度。」

「好壞心眼的講法。」

從一旁傳來微弱到只有我能聽見的呢喃聲，害我嚇了一跳。我悄悄一看，發現莉莉忒雅正露出莧名妖豔的微笑瞧著我。她在竊笑。不對啦，妳為什麼要那麼開心的樣子？

不過的確，我這講法或許有點壞心眼沒錯。畢竟就算把人數篩選到一隻手就能算出來的程度，味子依然會包含在其中。

輪子小姐大概也理解這點，於是繼續反駁：

「說、說到底，你怎麼知道那是不是在暗示名字！」

「您說得有道理。要解讀起來會有無限的可能性。然而那是捻彥先生在臨死之際，有限的時間中留下的訊息，應該不會刻意在其中融入什麼複雜難解的意思才對。畢竟又不是什麼推理小說。」

為了把事件搞得難解，讓讀者享受動腦的樂趣，所以故意將死亡訊息設計得很複雜——這種本末倒置的事情只會發生在虛構故事之中。

「不過請各位別誤會了，我也不認為味子妹妹會是凶手，畢竟我一點都不覺得像她這樣年幼的女孩子有辦法接連殺害兩名成年男子。所以我在這邊想先確認一件事……啊，不好意思。」

正當我講著冗長的臺詞時，途中忽然接到一通電話。是百合羽打來的。

『師父～你還活著嗎？沒啦，開個玩笑～』

電話一接通就是這樣一句沒頭沒腦的問候。

「辛苦妳了。我雖然死過一次，但現在活得很好。」

『啊嘻嘻！你又在跟我說笑～！啊，對了，關於小露露的事情。』

「哦哦，我這邊還沒找到。或者應該說，我這邊發現了另一樣東西，已經不是去找貓的……」

『我看到了！剛剛在九樓！』

電話另一頭傳來百合羽開心報告的聲音。

「呃？妳看到了？背著背包的貓嗎？」

『沒錯！可是我沒抓到～！牠動作好快！不過小露露跳進電梯，跑到上面去了。』

「跑到上面？比九樓更上面，就只有頂層甲板啦。」

『是的！我清清楚楚看見了。請交給我吧。我接下來就會追上去抓到牠給師父看的！』

「啊，妳等一下。雖然那件事很重要沒錯，但我這邊也發生……掛斷了。」

真是匆匆忙忙。

我都來不及告訴她殺人事件的事情。

「不好意思。呃～剛才講到哪了？」

重新轉身面向在場的各位後，我試著回想剛才的話題。

「對了對了，我希望在這邊聽一下各位在事件發現當時的行動，請問方便嗎？」

「咦～連我們也要被懷疑嗎？」

「不好意思，甘彥先生。畢竟情報是越多越好。」

當然誰都不想被人確認自己有沒有不在場證明。但假如沒做什麼虧心事，也就沒有隱瞞的必要。

我如此說明後，大家便不甘不願地各自回答了。

甘彥說他當時在船上的酒吧一個人喝酒。關於這點後來向漫呂木先生以及調酒師確認，得到證實。

味子看完馬戲團後回到房間立刻洗澡，接著似乎就一直在上網看偵探推理劇的樣子。關於這點，與她同樣回到房間的菓子彥先生與輪子小姐都出面證明。這同時也讓那對夫妻的不在場證明成立了。

家人之間的不在場證明基本上無效——的原則，在現況下暫時先睜一隻眼閉一隻眼，把排除可能性的工作擺在優先考量吧。

「感謝各位的合作。漫呂木先生，順便問一下，關於被害者的推算死亡時間是何時呢？」

「就現況來講還說不準，但根據當時的樣子看起來應該被殺沒多久吧。」

也就是說，事件發現時間與推算死亡時間之間沒有太大的差距。

「那麼從不在場證明來思考，家族中沒有可能犯案的人物了。」

輪子小姐很不開心地說了一句「那當然」。

「既然這樣，表示殺人犯目前還躲藏在這艘船上的意思，那麼就必須保持警戒才行啦。畢竟無法保證會不會又有誰被凶手盯上，而那個被盯上的目標——」

「可能是我們家族中的誰，你的意思是這樣？」

「畢竟各位是被害人的近親，以可能性來講就是那樣。」

這終究是可能性的問題——漫呂木如此附加了一句。

「刑警先生，你該不會想說在抓到凶手之前，要把我們一家人繼續關在這個狹小的房間內吧？」

「呃不，那是……」

「別開玩笑了。你想想到新加坡還有多少天？只是因為可能性的問題就被關在房間裡，誰受得了？你以為我們搭這艘船花了多少錢呀？」

雖然講法尖銳，不過輪子夫人的主張也有道理。

「內人說得沒錯。我們或許沒有必要那樣過度害怕。」

菓子彥先生也如此開口為妻子講話。

「怎麼說？」

「我剛才也說過，捻彥的個性上容易跟人結怨。恐怕這次事件的開端也是一樣吧。既然如此……雖然這麼講有些過分，不過捻彥的死就某種意義來講是咎由自取啊。」

「您的意思說，這場殺人事件終究屬於捻彥先生與兇手之間的個人恩怨。既然現在捻彥先生已經被殺，兇手就不會再殺害更多的人，是吧？」

然而那同樣只是可能性的問題。自己的親人在同一艘船上遭人殺害，應該沒辦法那麼輕易就感到安心吧。那樣的心情在年紀還小的味子身上表現得尤其顯著。

一臉不安的味子和我對上視線。

「偵探先生……」

她對我的稱呼終於從『你這人』升格了，讓我感到有點開心。

就在我內心如此竊喜的時候，味子忽然撲過來抱住我。

「拜託你！幫我們抓到凶手！」

那對純真率直的眼眸使我忍不住退縮了一下。

「妳難不成要委託我？」

這展開完全出乎預料，讓我很傷腦筋。非常傷腦筋啊。

老實講，我只要能夠澄清自己的冤罪就幾乎感到滿足了。不，仔細想想當初好像內心還抱有一點點義憤的樣子。

但是，抓犯人嗎？在海上的豪華郵輪中解決殺人事件⋯⋯

嗯～責任也太重大了！

而且現在找貓的委託，還有調查葛城外遇的委託都還在進行途中啊。

「好不好？爸爸，可以吧？要把我的零用錢全部給他也行！」

「嗚⋯⋯嗯～但是這種事情應該交給那位刑警先生會比較⋯⋯您覺得呢？」

菓子彥先生露出傷腦筋的表情看向我。

您問我覺得如何我也有點頭痛啊。

「好的，我們接受。」

正當我苦惱的時候，助手竟然從旁邊擅自接案了。

「等等啊莉莉忒雅！」

「朔也大人，請接下這項委託吧。殺人事件的調查委託在現實中並不是那麼常有的事情。這是讓偵探——追月朔也宣揚名聲的好機會。所以說，好嗎？」

莉莉忒雅把嘴巴湊到我耳邊如此小聲說道。距離近得她長長的睫毛都快碰到我耳朵了。

「就算妳說宣揚名聲……」

「朔也大人，請再拿出一點幹勁。照這樣下去，你會繼續被人說成靠爸族的廢物第二代。請問這樣的人生你願意嗎？不願意吧？」

「原來別人私底下這麼形容我嗎？」

真是太衝擊了。

不過仔細想想，我已經被扯進事件到這種地步，甚至自己都被殺害過，如今卻放棄推理退出舞臺，的確不是什麼愉快的事情。

這是一樁千真萬確的殺人事件，必須有人站出來抓到凶手才行。距離中途停靠新加坡預定還要八天，旅程還很漫長。這段期間都必須跟殺人犯在同一艘船上一起生活，共享苦樂，光想起來就讓人寒毛直豎。呃不，是不會共享什麼苦樂啦。

接下來的事情與自己無關，不要接受麻煩棘手的委託——這樣當然也很好，身為一名幹偵探這行的人，這也是一種毅然的態度。

然而，下一個被殺害的搞不好是眼前這位年幼的味子。搞不好是莉莉忒雅。或者可能是百合羽也說不定。

既然如此，我至少做到自己能做的事吧——

雖然插手去管這種有死亡危險的工作徹底違背我的信念就是了。

「……都已經被殺死過一次，還管什麼信念……是嗎？」

我小聲嘀咕後，嘆氣說道：

「知道了。我就接下妳這份委託吧。」

「偵探先生，謝謝你！」

「雖然我不確定能不能回應味子妹妹的期待啦。」

「嗯，你也不用太勉強自己喔。」

「好的，菓子彥先生，我不會亂來的。話說回來……」

「怎麼了？」

「請問您和葛城先生是熟人嗎？」

「呃，你說葛城……先生嗎？」

或許我問得過於唐突，讓他一時驚訝我為何現在會提起這個名字。

「就是當電影製作人的那位葛城誠人先生。」

「哦哦，電影公司的？是、是的……我們全家都跟他有交流……是以前我們贊助他拍的電影所結下的緣。」

「也就是說你們和那邊的業界也有交流了。」

「是的，由於內人以前當過女演員，所以現在依然很關心電影業界⋯⋯」

「老公，都以前的事了。」輪子小姐有些害臊地這麼說道。

「不過，那怎麼了嗎？」

他們夫妻都很疑惑為何我現在會提起葛城的名字。

「原來是這樣。因為剛剛在馬戲團公演途中，我有看到你們在打招呼的樣子。」

「你也認識他嗎？」

「是的，雖然並非直接認識就是了。謝謝您的回答。那麼，再會。」

我毫不客氣地結束對話後，離開房間。

葛城與渡乃犀家族是熟人——假如事情順利，搞不好能夠透過尋找殺人犯的行動，讓外遇調查的委託也有所進展呢。

第四章　已經做好熱身運動了

一方面由於菓子彥先生的請求，關於這起事件我們決定繼續對外保密。漫呂木也建議這麼做比較好，因此船員及其他工作人員們同樣遵守了這項決定。

離開房間後，我和莉莉忒雅在走廊上一邊走一邊針對凶手進行討論。

「凶手現在還躲藏在這艘船上。雖然菓子彥先生剛才說凶手應該不會再犯行，但其實不對。假如讓凶手知道我還活著，肯定會覺得──糟了！」

「沒有殺乾淨。」

「就是那樣。」

這時從背後傳來聲音叫住我們。是晚一步離開房間並追上我們的漫呂木。

「喂，如果照那說法，凶手為了確實殺人滅口，應該會再度盯上你吧？」

事實上我被殺的時候並沒有目擊到凶手的長相，也沒掌握到什麼可以引導出真相的決定性證據，因此凶手其實沒有急著把我滅口的必要性。然而對方也可能不知道這點。

「凶手為了保險起見，決定對我再度做出什麼動作是很有可能的。」

「既然如此，你不要到處亂跑，還是乖乖待在安全的地方比較好吧？」

「請別開玩笑了。要我在整趟郵輪之旅中一直關在房間裡不出來，我同樣不願意。更何況我既然不曉得凶手是誰，就沒有什麼絕對安全的做法。要是送餐到房間來的服務生就是凶手怎麼辦？」

「唔……」

「這裡是一艘郵輪，而且航行在大海中。講起來就是個小島模式的環境啊。」

「朔也大人，是孤島模式才對。」

虧我講得那樣白信滿滿，卻一下子就被莉莉忒雅糾正了。

「孤島模式？你是說推理小說之類的作品中常看到的那個？」

「沒錯，也就是形容與外界隔絕而無處可逃的狀況。換言之，在這艘船上已經沒有所謂安全的地方了。」

「或許是那樣講啦……」

「既然如此，只要我方主動出擊，揪出凶手就行了。搞不好我自己本身反而可以成為把凶手釣出來的誘餌呢。請放心。下次我不會再大意了。」

「唉……好啦，我知道了！但是你只要感覺到有什麼危險，就要立刻叫我過去。知道了嗎？兩個小鬼頭可不要自己貿然行動。」

漫呂木語帶臭罵地如此表示後，便跟我們分頭走向其他地方了。或許是去再度調查案發現場吧。

「大家都為我這條微不足道的小命擔心，真是感激不盡呢。話說回來……」

我目送漫呂木離開後，不經意想起似地對莉莉忒雅說道：

「剛剛在房間裡對話的途中我想到一件事。就是M。」

「真巧呢，我也是。」

莉莉忒雅也有注意到啊。她果然腦袋很犀利。那麼講起來就快多了。

「葛城誠人（Katsuragi Makoto），他的名字也是M啊。」

而且葛城與渡乃屋一家互相認識。

「根據狀況……他搞不好也要列入兇手候補名單中。」

「這麼說、沒錯。」

「嗯？」

雖然莉莉忒雅的反應讓我有點在意，不過這下點與點之間似乎串聯起來，讓我個人已經感到很滿意了。

「沒事的。那麼我這就去確認艾麗女王號的乘客名單，以及──」

「船內監視器的影像吧。」

「是。」

那同樣是很重要的線索。雖然很可惜一樓那間倉庫裡好像沒有裝監視器，但或許在什麼地方有拍到可疑人物也說不定。

和莉莉忒雅分頭行動後，我決定去找先前在甲板上娛樂過乘客們的那群馬戲團員們打聽消息。

一如我的猜測，團員們公演結束之後正聚在酒吧休息。坐在最前面座位的，是那些表演過精采特技的機車騎士們。

姑且不論有沒有提到事件的詳細內容，漫呂木似乎已經告訴了他們平常使用的那臺電動吊機被拿來犯案的事情，所以他們臉上都帶著複雜的表情。

酒吧深處有另一群人正在喝酒，並傳來一句「這個混帳東西」的低沉罵聲。

我豎起耳朵偷聽，發現那是在斥責新人團員忘記給收納飛刀的箱子上鎖。也就是兇手殺害我時使用的那把飛刀。

「呃～不好意思，打擾一下。」

「啊？」

我上前搭話，結果對方頓時露出「為什麼會有小鬼頭進來這種店」的表情。

於是我告訴他們我是偵探，暗示一下應該還沒有傳給外人知道的事件，他們的態度便稍微柔和下來了。

我接著嘗試詢問關於短刀的事情，結果他們表示的確從公演結束後應該有收到箱子裡的飛刀之中被人拿走了一把。而他們是在我死著還沒復活的期間得知這件事情。

重要的工作道具被拿來用在犯罪上，對於職業人士來說想必是很難受的事情吧。

「只要想到之後這件事情會被老闆知道……簡直太糟了。」

新人團員抱著頭懊惱起來。

「老闆？也就是這個馬戲團的負責人？請問他是那麼恐怖的人物嗎？」

「要說恐怖嘛，總之就是個賺錢至上的人，完全不講什麼人情。最討厭可能造成虧損的事情……可是自己又只會住在頭等客房玩樂享受……」

「喂，講話適可而止。」

前輩團員開口責備，表示不應該把這種事情講給外人聽。

目前聽起來感覺凶手當時是臨時起意把倉庫裡的東西拿來當凶器犯案的。

馬戲團和守財奴老闆嗎……就暫且記在腦中的角落吧。

我在酒吧前的走廊繼續往前走，來到盡頭一扇豪華的門前。一打開門，海風便吹進室內。門外是船頭的部分。

蕩。

現在時間將近晚上十一點。由於已經算很晚了，外頭沒什麼人，顯得空空蕩蕩。

轉回頭可以看見船的上方是馬戲團表演時的那塊甲板，微弱的燈光照著那個丑角的氣球。

說是氣球，但它並沒有飄在空中，而是直接立在地面上的類型。為了防止被風吹走，我記得它有用繩索和金屬零件固定。

「馬戲團嗎……」

我不經意想到，那時候凶手是不是也在那地方欣賞馬戲團表演？所以才會知道表演項目之中有投擲飛刀。

在一樓倉庫臨時起意要犯案的時候，如果事前不知情卻認為現場一定有道具可用而去尋找凶器，感覺是不太自然的事情。不過凶手若知道馬戲團有表演投擲飛刀的事情——或許就會產生去找短刀的念頭。

就這樣，雖然這地方讓我想到了這樣的事情，不過似乎沒有什麼其他線索可尋了。

正當我準備回到船內的時候，手機忽然響起。

「是百合羽啊……哎呦哎呦。」

我從口袋裡拿出手機要按下接聽鈕，卻發現自己把手機上下拿反，趕緊重新拿好。這是在暗處經常會犯的錯誤。由於長方形的智慧型手機沒有持握上可供分辨的特徵，所以從口袋裡拿出來的時候很容易搞錯上下或正反面。

對，搞錯……

上下……

「久等了。百合羽，怎麼了嗎？」

『找到了——！』

讓人耳鳴的大叫聲害我的思緒當場被吹散。

百合羽正情緒高亢地大叫著。

「……找到？」

『找到了！露露！跟我對著眼睛。現在正處於一決生死的互瞪狀態……乖～呦乖呦。』

「牠在妳眼前？」

『沒錯。這邊、這邊……小心不要隨便刺激……看～是柴魚呦～是我向廚房的主廚先生分來的高級品呦～……』

我光從她的聲音就能清楚想像出電話另一頭的狀況了。

『就是現在！嘿呀！成功了！我成功了！捕獲目標！』

「抓到了嗎！幹得好啊，百合羽！」

『成功捕獲小露露！』

電話中傳來百合羽開心無比的聲音，以及『哪～嗚』的粗野貓叫聲。

看來我的徒弟透過腳踏實地、堅持不懈的搜索，終於達成尋貓的任務了。

「搞什麼，到頭來妳根本不需要我幫忙就成功了嘛。」

雖然身為師父有那麼一點點沒出息的感覺，不過百合羽那樣堅強的骨氣搞不好真的很適合當偵探呢。

「話說百合羽，妳現在在哪裡？」

『呃～小丑前面。咦？還是丑角？』

「也就是說……中板上？」

『對。』

我往後退下幾步，重新看向上方。

「真的欸，我看到了。」

在甲板邊緣處，從我這裡也能看見一名穿粉紅色禮服的少女站在欄杆旁邊。

『咦！師父你從哪裡看到的？上帝之眼嗎！』

「不是啦，下面下面。」

我試著揮一揮手，但她好像找不到我，一直在欄杆旁東跑西竄。

「我現在過去妳那邊啦。」

我一邊講電話一邊快步走回船內，印象中應該有個可以直達頂層甲板的電梯。

『啊～小露露背上果然背著東西呢，用黑色的皮帶捲在身體上固定著。』

「咦？哦哦，妳好像說過牠背著背包還是什麼的。」

『不是背包的樣子。這東西我有看過喔。呃～……對了，就是電視上的藝人會裝在安全帽上的攝影機！像是高空彈跳的時候。』

「……小型攝影機？妳是說Ｇｏ攝影機嗎？」

那是一種高性能的小型攝影機，近年來以『Ｇｏ攝影機』的商品名稱廣為人知。

「在貓的背上綁攝影機？為什麼？」

我找到電梯，按下上樓按鈕。幸運的是電梯剛好停在這個樓層，於是門立刻打開了。

『啊，好像在拍什麼影片的樣子。是讓小露露一邊到處亂逛一邊拍攝的嗎？我看看喔。』

「什麼我看看……妳要偷看影片？」

真是個好奇心旺盛的女孩子。

從電話中又傳來露露『哪～嗚』的叫聲。

我聽到這第二次的叫聲時，腦中忽然回想起一個聲音。

就是我在捻彥的遺體腳下觀察著吊機時，微微聽到的——

「是那時的……那個聲音……」

我聽見的微弱聲音。

當時由於另外必須思考的事情太多，於是我暫時擺到一旁。雖然說擺到一旁後，就這樣徹底遺忘了——

哪～嗚。

「那個原來是露露的叫聲！露露當時那個瞬間也在現場！」

『呃～……師父，我把影片放出來看了一下，可是這個……我看了不會有問題嗎……？』

「百合羽！影片裡拍到了什麼？」

她明明到剛才還很興奮的聲音不知不覺間徹底變得低沉，聽起來很像對什麼東西感到非常害怕的樣子。

『裡面拍到很多東西……像是在走廊上走路的人啦，服務生啦……然後現在開始播放的影像看起來是在一個像倉庫的地方……』

「一樓倉庫！」

電梯還沒抵達最上層。

『有個男人……還有另一個人。』

她說的男人應該就是捻彥吧。

『那另一個人只有拍到背影，看不出是誰……不過他們好像在吵架的樣子……』

果然沒錯，那時候露露躲在暗處看著現場。

『啊！那個男人！脖子好像被什麼東西從後面拉住……哇！哇！越吊越高……好殘忍……！』

「冷靜下來！不用再看下去了。現在重要的是妳快點逃離那個地方！」

不用看也知道。如果影片繼續播放下去，接著就是我愣頭愣腦地現身在倉庫，然後這次換成我被人從背後刺殺的畫面。這是已經確定下來的過去景象。

露露當時也在現場看著這一幕，所以我那時候才會聽到牠的叫聲。

假如同樣在那地方的凶手殺害我之後發現露露的身影，而且注意到牠背上有一臺小型攝影機，會如何？

假如凶手知道了自己的犯案過程從頭到尾都被拍下來，會如何？

既然露露直到剛才都背著攝影機到處亂跑，就表示凶手沒能當場抓到露露。

若是這樣，凶手肯定感到非常焦慮擔憂吧。

畢竟那隻貓背著能夠證明自己罪行的鐵證，悠悠哉哉地在船內到處散步。凶手想當然會希望盡快把露露找出來，湮滅證據影像。

而目前最有可能是凶手的人物——已經掌握了關於露露下落的重要情報。

就在剛才，在渡乃屋一家人聚集的房間中，凶手聽見我和百合羽的電話交談內容，應該知道了這件事。

也就是露露跑到了頂層甲板的事情。

那麼凶手必然也會前往那裡，試圖抓住露露。

趕在百合羽發現露露並看到證據影像之前。

『咦……這個人是……這個人就是凶手嗎……？』

然而，現在百合羽已經看到了。

「百合羽，妳仔細聽好。現在妳正面臨危險。快點離開那個地方！」

其實我巴不得打電話給漫呂木，確認渡乃屋一家人各自在什麼地方。但現在沒時間幹那種事了。

電梯這時總算停下來，把門打開。海風霎時吹在我臉頰上，視野所見的範圍內沒有其他乘客的身影。

我立刻奔出電梯來到甲板，尋找百合羽。

找到了。她還待在跟剛才一樣的地方，背對著我。

可是有另一個人影已經逼近到她背後了。

「百合羽！小心後面！」

我把手機從嘴邊拿開，直接對著她的背影呼喚。就在同時，那個人影衝過去用身體衝撞百合羽。

「住手！輪子小姐！」

「呀啊！」

百合羽的身體被撞得彈起來，連同抱在懷中的露露一起越過欄杆，往下掉落。

我腦袋還來不及思考，身體就先行動，直朝著百合羽飛奔過去。

她的身影就這麼消失在甲板外面的一片黑暗之中。

「百合羽！」

不，沒事。我看見她的手勾在甲板邊緣。她還沒掉下去！

我的視野角落隱約看到將百合羽推落的人物——渡乃屋輪子正準備逃離現場。

然而現在我沒有餘力管她，因此開口大叫：

「莉莉！拜託妳了！」

「遵命。」

雖然看不見身影，不過回應聲幾乎是立刻傳來。

與此同時，不知從何處飛來的一把短刀伴隨清脆的聲響，刺到甲板上。

輪子小姐發出短促的慘叫聲，倒落在地面。

就在那一剎那，我跳過欄杆抓住了百合羽的手。

© riichu

「師、師父！」

令人驚訝的是，百合羽即便在這樣的狀況中也沒有放開露露，真是了不起的骨氣。然而她的眼神中充滿恐懼。畢竟下方是一片黑暗的大海地獄，萬一掉下去就沒命了。

「妳……放心！我絕對會救妳！」

雖然我嘴上這麼說，不過要用單手拉住一個人加一隻貓，即便對方是個身材苗條的女孩子也依然是很吃力的事情。我的手臂發出軋軋的聲響，恐怕拉傷了吧。

但那又如何？反正我的身體會擅自復原。

就算手臂扯壞也沒差，絕對要把百合羽拉上來。

「師父！拜託！至少先救救這孩子！」

可是百合羽竟然拚命試著把抱在左手中的露露推上來。

騙人的吧？這女孩有沒有搞錯？現在可不是在拍電影啊。既沒有替身演員會代替演出，下面也沒有鋪什麼緩衝墊。但她竟然想優先拯救貓的性命？

「那樣簡直……完全是個女英雄了嘛！」

誇張過頭的情景反而讓我覺得莫名好笑，一股力氣都湧上來了。

於是我擠出最後的力氣把他們拉上來。

百合羽終於重新抓到欄杆了。

「好！就是這樣！」

確認了這點的同時，我的身體與她對調位置，往下掉落。

「師父！」

最後聽見的是百合羽的呼喚聲，以及自己頸椎折斷的聲響。

□

從死亡的深淵——不，應該說死亡的谷底復活後，我見到活像個天使的莉莉忒雅低頭看著我。

「歡迎『回來』，朔也大人。」

助手滿懷慈悲地迎接我醒來了。

我的身體躺在中板上，而我的頭則是在莉莉忒雅柔軟的大腿上。

「我……掉下去了對吧？」

「是的，掉下去了。當我發現時，朔也大人的脖子整整轉了一百八十度左右。」

怪不得有種類似落枕的感覺。

「是嗎……啊啊……」

我再度閉上眼睛，接受自己所經歷的死亡。

「啊啊～好恐怖啊！」

由衷的真心話忍不住脫口而出。

「朔也大人，真是辛苦你了。」

莉莉忒雅保持著膝枕的姿勢輕撫我的額頭，臉上露出全世界只有我會看到的溫柔微笑。

這情境實在讓人害羞至極，於是我趕緊坐起身體。

結果從背後傳來有人講話的聲音。

「咦？還活著？騙、騙人的吧？」

我轉頭一看，發現渡乃屋一家人以及漫呂木都望著我這邊。

「由於朔也大人非常幸運地掉落在船頭的邊緣處，所以我很快就能回收你的遺體了。至於將你搬回這個甲板上的，是那位刑警大人。請你等一下去道個謝吧。」

「你沒事嗎？明明你剛才不管怎麼看都已經死了啊……」

甘彥出面代表渡乃屋全家，恐懼害怕地對我如此說道。

「……看起來我摔到的地方剛好比較不嚴重的樣子。」

「可是我明明看你好像脖子都轉到背面，臉頰還貼在肩胛骨上的說……」

我緩緩站起身子，總覺得頸部的可動範圍還有點怪怪的。

「師父～！」

百合羽緊接著撲過來抱住我，害我又摔回地板上。

「人家以為你死了呀！人家以為你死了呀！」

她哭得一把鼻涕一把眼淚，讓可愛的臉蛋都被糟蹋掉了。

「抱歉，我剛才把妳拉上來的時候好像把力氣都耗盡啦。」

我笨拙僵硬地安慰著她。

「不過妳也不可以太亂來啊。雖然貓很重要沒錯，但妳必須把自己的生命放在第一考量才行。」

聽到我如此責備，百合羽頓時露出有點怨恨似的表情。

「那句話，我要綁上蝴蝶結原封不動地奉還給你！」

這我無從反駁了。

我接著起身走到趴在甲板上的人物——渡乃屋輪子面前。一把銳利的短刀將她的和服袖子釘在地板上，使她無法動彈了。

如此精采釘住輪子小姐將她固定的，是莉莉忒雅從遠處擲來的隱藏短刀。不是馬戲團的飛刀，而是她自備的東西。

「莉莉忒雅，做得漂亮。」

我這麼稱讚莉莉忒雅的技術與反應速度，結果她擺出擲刀的動作表示：

「因為我事前已經做好暖身運動了。」

「……難道妳是為了能在關鍵時刻發揮，才在船上玩射飛鏢的？」

「當然。」

「少騙人啦。」

輪子小姐接著就被漫呂木拘捕了。看來她已經放棄掙扎的樣子。畢竟她把百合羽推下去的那一幕清清楚楚被我和百合羽本人目擊，這也難怪。

「媽……妳為什麼要這麼做……」

甘彥對垂著頭的母親表現得不知該說什麼才好的樣子。

我則是用既不憤怒也不喜悅的態度對她說道：

「輪子小姐，妳就是真凶沒錯吧？」

雖然我有點猶豫該不該把這件事實重新在她家人面前講出來，但事到如今含糊其詞也沒有意義了。

「都是那孩子……都是捻彥不對……我……我只是想要守護這個家……」

輪子小姐用幾乎要折斷指甲的力量抓著地板，擠出聲音。

「我只是要……保護祕密……可是！」

「輪子！夠了！妳再講下去的話——！」

菓子彥先生制止了夫人的自白，他臉色看起來無比蒼白。

「菓子彥先生，您似乎知道什麼內幕？您該不會知道輪子小姐會奪走捻彥先生性命的理由吧？」

「我、我是……！」

他露出絕對不願回答的表情。

「哪～嗚♪　我摸你肚肚呦～……咦？啊、嘿！」

就在這時，百合羽抱著露露走過來。明明她剛才還差點被殺的說，精神力可真強啊。

「師父，總算拆下來囉。」

露露似乎也因為背上的Ｇｏ攝影機終於被拿掉，徹底表現得一副舒暢爽快的樣子。

「……話說我一直很在意，把攝影機裝到露露背上的是……？」

「哦哦，我想應該是葛城先生吧。」

「果然是這樣。」

雖然我多多少少已經猜到了，要在一隻連抓到都很辛苦的貓咪背部裝上Ｇｏ攝影機這種事情，除了貓主人以外應該很難辦到才對。

「那個人由於工作上的關係，對於攝影機之類的東西好像也很懂的樣子。但究竟是為了什麼要做這種事情呢？」

「我從剛才就注意到了，那隻貓該不會是小露露吧？」

正當我們針對葛城的奇妙行為進行討論的時候，甘彥忽然從一旁湊了過來。

「請問你認識牠？」

「我是牠的粉絲啊。每次都會在動畫網站上看牠的影片。」

「動畫網站？」

「你們不知道嗎？露露散步頻道。透過裝在露露背上的攝影機，可以從貓的角度欣賞街上的各種風景喔。」

甘彥亮出他的手機畫面給我們看。在一個的確很有名的動畫投稿網站上有好幾部像他剛才形容的那種影片。關於投稿者的名字與其他情報都沒有明示，全力主打露露的存在。

雖然我看過之後還是沒辦法像甘彥那樣興奮，不過我懂了。這下就能明白葛城的行動理由。

他基於個人興趣，利用貓拍攝特殊的影片並投稿到網路上。而且我猜這件事應該瞞著他的夫人。

「照這樣推想，他這次應該是計畫以豪華郵輪為主題，拍攝一些跟平常不一樣的影片吧。可是露露由於來到陌生環境而激動亢奮，結果才出航沒多久就從房間逃出去了。」

我如此整理狀況後，百合羽便「哦哦！那應該是正確答案喔！」地接著表示：

「我在房間門前遇到葛城先生的時候，他看起來莫名慌慌張張的。所以我上前問他發生什麼事，他就說自己寶貝的貓咪逃掉了。所以我拍胸脯跟他說——放心交給我吧！」

「然後人家也沒拜託妳，妳就硬是當起偵探來了。」

「怎麼這樣說～因為我看他好像很傷腦筋的樣子呀。雖然他的確有跟我說不需要做那種事，他自己會找啦。」

「我想他是希望避免讓這種興趣被電影的主演女星知道吧。不過已經來不及就是了。」

畢竟這簡單來講是利用貓進行偷拍，實在不是值得誇獎的興趣。

「嗚嗚……那我是不是太多管閒事了？師父～」

「妳別哭啦。百合羽也是用自己的方式想要努力幫忙啊。」

我試著安慰垂頭喪氣的她，結果她又立刻「啪！」地揚起眉梢。

「就是說吧！而且也多虧如此，掌握到很重要的證據呢！」

百合羽挺起胸膛，把拆下來的攝影機像是拳擊冠軍腰帶一樣高高揚起。

她心情切換得可真快。

就在這時，攝影機的畫面忽然開始播放影片。看來她的手不小心碰到播放按鈕了。

「啊，對不起～」

百合羽慌慌張張地想要停止播放。

「……妳等一下！」

不過我趕緊制止她，並探頭看向畫面。結果其他人也好奇地把視線湊過來。

影片中正在播放的是輪子小姐與捻彥在倉庫中爭論的景象。

內容是——

『我受夠了！等回到日本我就把一切公諸於世！』

『捻彥！你知道那樣做會讓這個家變成怎麼樣嗎！渡乃屋傳承了五代的歷史與信用，你竟然……！』

『就算是那樣，全家串通繼續搞這種事絕對有問題！媽，妳阻止我也沒用了。我要把全部都攤到陽光下！我已經忍受好幾年了！』

這對母子的口角相當激烈。

『這一切都是為了讓公司重振起來呀！你想想你父親是抱著什麼心情做出這項決定的！』

『誰管他啊！公司會在老爸這一代經營出問題是因為老爸沒有做生意的才能！什麼新商品的黑糖秋葵哈密瓜餅！那東西怎麼可能賣得出去！再說，就算公司繼續撐下去又怎樣！反正到最後都是老哥的東西！跟我無關！哼！只因為是長男就給他取什麼「甘彥」這種再明顯不過的名字！』

『那是……！不只為了公司呀。全都是為了養育你們才這麼做的！』

『我一點都不希望自己是被做髒事賺來的錢養大啊！我不想……』

「啊——！」

百合羽的聲音突然響徹夜晚海風吹拂的甲板。

原本把注意力集中在影片中的大家都抬頭一看，發現百合羽根本沒在理會攝影機，伸手指著一個地方。

就是那個丑角氣球——的腳邊部分。

「軥～！不乖！」

她把攝影機遞到我手上，自己跑過去了。

「搞什麼！現在止重要啊！」

漫呂木用雙手抓著自己的頭。

「對不起！可是這孩子一直在抓氣球……！噗咻～的。」

「噗咻～？」

我一時還聽不懂那狀聲詞究竟在形容什麼事情，不過抬頭看到丑角氣球就明白了。丑角的笑臉正慢慢萎縮。

「啊～露露把它抓破洞啦。」

「這下必須去跟馬戲團的人道歉才行了！可是這孩子從剛才我在這裡發現牠的時候，牠就一直在抓這個氣球。是不是有什麼讓牠在意的氣味呀？啊！不可以啦！」

就在百合羽講話的途中，調皮的露露把頭鑽進被牠抓破的洞，居然就這樣跑進氣球裡面去了。

「露露～！你快出來呀～！」

百合羽也隨後跟上，把臉鑽進那個破洞。

「不、不行！」

就在見到那一幕的瞬間，這次換成菓子彥先生發出像是慘叫的聲音。

「不成！不成！那裡面……！快停下來！」

「怎麼了？請問裡面有什麼見不得人的東西嗎？」

「啊！呃不……那個……」

他頓時眼神游移，講話支吾起來。

「咦？請過來一下～！」

百合羽保持著只有上半身鑽進氣球的姿勢——以一位少女來說實在不太雅觀就是了——對我們呼喚了一聲。

「這次又是怎麼啦？百合羽，難道妳身體拔不出來了？」

「並不是！呃、裡面好像有東西……」

「裡面～？氣球裡面就只有空氣吧！拜託妳看看現場的空氣啊！」

漫呂木顯得很不耐煩的樣子。

「那個……裡面地上鋪了好多用塑膠布包起來像綠色棉花的東西……」

「棉花？為什麼會有那種東西？」

「而且氣味還甜甜的～」

我和漫呂木頓時轉頭互看。

氣味甜甜的綠色棉花。

符合這種條件的東西並不多。

就在大家的注意力都被那邊吸引過去的時候，我悄悄按下播放鍵確認影片的後續。

在畫面中，生前的捻彥對著母親大喊：

『我不想……我不想被這種賣大麻賺來的錢養大啊！』

□

渡乃屋製菓這幾年來持續經營不振，甚至傳出可能破產的謠言。

明治初期以來延續至今的老字號公司，面臨了空前的危機。

新商品的開發、販售皆以失敗告終，大家都以為它終究要關門大吉了。然而從某一年開始，渡乃屋一家的經濟地位又忽然重振起來。

這些都是後來莉莉忒雅幫我調查而知道的事情。

「真沒想到堂堂的渡乃屋製菓竟然會跟大麻走私扯上關係……」

漫呂木一邊拘捕著渡乃屋菓子彥與輪子夫妻，一邊嘆著氣。

他甚至還遺憾地說著「黑糖秋葵哈密瓜餅的『白羅』，其實我很喜歡的說。」這種話。原來他是渡乃屋製菓公司的隱藏粉絲啊。

「渡乃屋製菓在國內外都擁有自己的農場。菓子彥先生，你就是利用那些土地偷偷種植大麻對嗎？」

我重新如此確認後，菓子彥先生便死了心似地點點頭。

他們在國內與國外的農地分別製作乾燥大麻，反覆進出口的行為。那已經不是個人一時鬼迷心竅幹壞事的程度，而是為了籌措資金而利用公司進行走私販賣的行為。

這是菓子彥先生與他的夫人輪子小姐之間共有的家族祕密。後來的調查中得知，長男甘彥以及長女味子都完全不曉得自己父母在幹這種勾當的事情。

但不知是在什麼因緣際會下，只有捻彥得知了這項祕密。

「捻彥他……那孩子總是執意主張我們應該停止這個行為……認為應該把一切都公諸於世，並償贖罪過……」

菓子彥先生深深垂著頭如此說著。

這位富豪人家的二公子不但脾氣粗暴，異性關係上也不檢點。雖然我不太想講故人的壞話，但老實說，就我聽過對於捻彥的印象並不是很好。然而因為這樣就說他是對於世上所有惡行都給予肯定的男人，也謂言之過早。

他其實同樣也曾為父母所犯的罪過而苦惱，認為不惜犧牲自己生活上的安定也應該糾正他們不對的行為。

「可是如果那麼做，整個家族都會完蛋的！不只是我們一家，親戚所經營的合作子公司，還有在公司任職的眾多員工們也會變得無法生活！事到如今已無法再回頭了……」

「所以只能殺掉他嗎？所以你即使知道夫人殺死了捻彥先生的事情，也幫她隱瞞真相，互相做不在場證明的偽證嗎？」

捻彥遭到殺害的時候，輪子其實不在房間。當時正在洗澡的味子並沒有注意到這件事，只有菓子彥先生知道。然而他卻撒謊說「妻子當時和自己一起待在房間中」。

果然親人之間的證詞是無效的。

「因為那孩子就是講不聽。」

這時傳來令人寒毛直豎的聲音。是輪子小姐。她全身癱坐在地板上，面無表情地眺望著遠方的黑暗海面。

「直到最後都是個不孝的兒子。既然不聽父母講的話……不就只能殺掉了嗎？」

她的語氣不帶絲毫感情。甘彥與味子見到母親那個樣子，都害怕起來了。然而，我並不認為輪子小姐真的是如她態度所示，毫無慈悲地殺死自己的兒子。自始至終，這次的事件都是一樁臨時起意的犯行，絕不可能是計畫性的犯罪。是一時衝動而鬼迷心竅，不小心犯下的過錯。

雖然說——即便如此當然也不能表示什麼就是了。

我並沒有進一步追問菓子彥先生是經由什麼樣的過程得到走私大麻的靈感以及買賣途徑。也許是和什麼黑社會勢力有勾結，或者是被國外不太好的『朋友』所慫恿。

不管怎麼說，追究這些事情不是我的工作。負責制裁的也不是我。

「這下事件就解決了吧？」

我背靠著欄杆，目送渡乃屋夫婦從甲板被押送到船內。

不經意摸摸自己的右手臂，感覺還有點痛。搞不好是把百合羽拉上來的時候脫臼過吧。

「真是精采的表現呢。」

不知不覺間，莉莉忒雅站到我右邊。

「辛苦啦，這要歸功於妳出色的輔佐。」

我用沒受傷的左手做了一下射飛鏢的動作，結果莉莉忒雅有點害臊地扭開了身體。

「不需要說明就能完美心領神會。我們簡直是最強的搭檔吧？就這樣，Game finish！」

「朔也，不要講那麼遜的話。」

真是冷淡。

丑角氣球現在已經完全消下去了。藏在裡面的大量乾燥大麻想必等一下會全部搬出來，嚴加管理吧。

「話說竟然會想到利用郵輪之旅走私，膽子可真大啊。而且還是把東西藏在馬戲團的氣球裡面。」

危險的東西不可能會選擇藏在那麼顯眼的地方——如果就利用思考盲點的意義上來講，那搞不好反而是最適合隱藏的場所呢。

「雖然說，最終還是沒能騙過動物的鼻子啦。」

「這項郵輪之旅的企劃本身，恐怕渡乃屋製菓從一開始就有參與其中了吧。」

「那麼馬戲團也是嗎？」

「雖然不清楚團員如何，但負責人想必也有參一腳。」

「大人真恐怖啊。」

到頭來就如我當初感受到的印象，那丑角肚子裡果然藏了壞東西。

至於說到百合羽嘛，她正拚命安慰著哭泣的味子。

我從遠處暫時觀察了一下那情景。

結果忽然間，我看見味子稍微笑了。然而這個距離聽不到百合羽究竟是對她講了什麼窩心的笑話。

味子停止哭泣後，百合羽把露露放在肩膀上朝我走過來。

「我們成功了呢，師父。」

「百合羽，妳立下大功啦。」

畢竟露露看起來已經不用擔心會再逃掉，而且即便是出自偶然，不過百合羽還發現了大麻。簡直功不可沒。

「嘿嘿～雖然我還搞不太清楚狀況，事件就結束了啦。」

「這次意外將您捲入事件之中，實在非常抱歉。本人在此謹代朔也大人向您致歉。」

莉莉忒雅恭敬鞠躬致意，讓百合羽都感到不好意思起來。

「不會不會……話說師父，這位美女小姐究竟是？」

這麼說來，她們兩人是初次見面啊。

「哦哦，她叫莉莉忒雅，是我的助手……」

「話說朔也大人，請問她叫你『師父』是怎麼回事？」

重新抬起頭的莉莉忒雅用冰冷的目光看向我。

「我並沒有聽說過喔？你讓一個女孩子稱呼自己為師父，究竟是想要沉浸在什麼類型的愉悅之中呢？我並沒有聽說過喔？」

「我、我忘記講了啦。」

就在我忍不住視線游移的時候，莉莉忒雅用微弱到世界上的任何人——除了我以外的任何人都聽不見的聲音說了一句「好笨的人」。啊啊，她鬧彆扭了。

「順便問一下，師父究竟是在什麼階段發現凶手是輪子小姐的？你就是因為注意到這點才會趕過來救我的吧？還大叫著『百合羽——！別死——！妳不要死啊——！』這樣。」

百合羽用作夢般陶醉的表情演起戲來。當然，我講過那種話的史實並不存在。

「基本上是很多環節湊起來得出的結論啦，不過最終決定性的關鍵應該是捻彥先生留下來的死亡訊息吧。」

「那個M嗎？可是那樣為什麼會知道凶手是輪子小姐？」

百合羽露出一點都不理解的表情。於是我從口袋拿出自己的手機，旋轉一百八十度給她看。

「那個文字根本就是顛倒的。只要仔細想想，我應該要更早察覺這個可能性才對。」

「顛倒……M……M……欸母……母欸～」

「把M倒過來的話？」

「啊！對了！W！」

「沒錯，最初看到螢幕上留下的那個文字時，我誤以為那是手機解鎖的痕跡。後來發現那其實是別的訊息，但由於一開始留下先入為主的想法，讓我徹底忘記考慮捻彥先生顛倒拿著手機寫下那個文字的可能性了。」

「原來如此！的確，如果那是解除手機鎖留下的痕跡，想當然會以正確的方向拿著手機。可是……」

「嗯，假如是情急之中從口袋拿出手機，不管三七二十一只想快點在上面寫字，就不會考慮什麼上下方向的問題，也沒有那種餘力。」

畢竟當時他被吊著脖子，處於快要窒息的狀況。

「當M變成W的時候，捻彥先生的周圍符合這項條件的人物就只剩下輪子（WAKO）小姐一個人啦。」

雖然我嘴上如此說明，不過其實還有另一種解讀的餘地。

那就是W＝渡乃屋（WATANOYA）的可能性。

或許捻彥是將染指大麻走私行為的渡乃屋家族本身視為凶手，才會留下W這個字。

當然，這全都只是我的想像。

「莉莉忒雅應該更早發現到這件事吧？」

我在莉莉忒雅耳邊如此說道，而她輕輕點頭回應。然而她接著講出來的話卻更進一步超出了我這項猜測。

「也可以這麼說。」

「也？」

「關於把手機上下拿反，導致讓W變成M的推理，我的想法是這樣：捻彥先生會不會打從一開始就讓自己留下的死亡訊息無論被解讀為W或M，兩邊都能夠引導出凶手是誰呢？」

「兩邊嗎……」

「M可以是Mother（母親）的M。」

「啊！」

「這終究只是我的解讀。事到如今也無從得知了。」

我對自己這位助手的犀利程度再一次感到驚嘆，而在一旁聽到我們對話的百合羽似乎也是一樣。

「原來是這樣。我實在太感動了！師父真的是貨真價實的偵探先生呢！」

她如此感動地表示。

「貨真價實的偵探……嗎？」

跟郵輪上發生的殺人事件扯上關係，的確感覺就像個偵探一樣。以我這種內心沒有任何覺悟，總是吊兒郎當的半吊子偵探來說，這次的成果應該算非常不錯了。

然而——

「今晚只是運氣好而已，我平常可沒辦法這樣。」

從明天開始，我又是個半吊子了。

「不過沒差，反正事件已經順利解決就好。這下總算可以放輕鬆了。今天可累死我啦。」

「朔也大人，你忘了還有很重要的工作。」
莉莉忒雅對完全當作事情已經結束的我提出了無情的現實。
「……啊。」
我這才總算想起徹底被我拋到腦邊的委託工作。
「葛城的外遇調查！我完全忘記了！」
「咦？葛城先生外遇？」
百合羽驚訝得把手放到嘴前。
糟糕，我不小心洩漏了調查內容。然而就在我懊惱後悔的時候，百合羽卻哈哈大笑起來。
「什麼嘛～！啊嘻嘻！那就不用擔心了！葛城先生搞外遇？啊哈！絕對不可能的。沒那種事啦～！」
「為什麼？」
「因為葛城先生感覺是個工作至上的人呀。」
「不，可是誰也不曉得他背地裡會做什麼事……」
「那要不要我拿證據影片給你看呢？」
「證據影片？有那種東西？在哪？」
「就在這裡！」

百合羽得意洋洋地高舉到頭上的，正是剛才立下大功的那臺Ｇｏ攝影機。她接著用已經很熟練的動作操作，選擇播放片段。

「其實剛才那個影片最開始的部分，我有稍微看到呢！來，請看。」

我照她所說地探頭看向螢幕，發現裡面拍到的是葛城的身影。

拍攝地點應該是他在船上的個人房間吧。是從露露的角度進行攝影。葛城單腳跪在地上，看著鏡頭。

「葛城到底在做什麼……？」

他房間的景象極為異常。

如果直白描述，就是房間裡有無數的貓。

英國短毛貓、蘇格蘭摺耳貓、緬因貓、曼赤肯貓、美國短毛貓、波斯貓以及俄羅斯藍貓。

而葛城本人則是呈現只穿著內褲，幾乎等於全裸的打扮，被貓咪們纏到自己身上的觸感搔得露出陶醉的表情。

「這個人該不會……是重度的貓咪偏愛者？」

而且當貓用粗糙的舌頭舔他身體時，他還會發出讓人不太想聽見的那種聲音。

「真是個變態呢……」

我和莉莉忒雅不禁面面相覷。

難道葛城帶上船的大行李中裝的就是這些貓嗎？

「我出發尋找小露露之前有聽葛城先生說過，他私底下是個貓奴的樣子。但他夫人好像完全不能理解那個興趣。」

百合羽回溯著記憶這麼說道。

「他還說自己最近偷偷租了一間只為了給那些小貓們住的公寓。畢竟他平常都必須那樣背著夫人偷偷摸摸，所以想說至少趁這次企劃之旅的期間可以盡情和小貓們玩個痛快的樣子。不過為什麼要脫掉衣服呢？」

「也就是說他的外遇對象……是貓？」

我和莉莉忒雅完全同時、異口同聲地這麼說道。

「雖然我搞不太清楚，不過你們兩位好有默契呢～」

愛的形式因人而異——是嗎？

百合羽則是一臉悠哉地看著這樣的我們。

「雖然很猶豫可不可以把這種事情當成外遇行為進行報告，但不管怎麼說至少已經知道了葛城的祕密，所以這項委託也算順利完成啦。」

接下來我只要好好享受剩下的郵輪之旅就行了。然後回到日本再把這段證據影片交給葛城的夫人，領取報酬。太棒啦。

在一股舒暢的疲憊感中，我伸了一個懶腰。

「今天實在發生太多事情，累爆啦……時間也不早了，我們就回房間去睡……」

舒展身體的同時，我抬頭望向夜空。

頭頂上有一架熊熊燃燒的客機。

「…………………咦？」

是客機。

絕對沒錯。毫無疑問。

烈焰包覆的客機正朝著艾麗女王號墜落下來。

到底是什麼時候？從什麼地方冒出來的？我的理解速度完全追不上狀況。

浮現在夜空中的那道機影，看起來巨大得令人絕望。

「什……到底出了什麼事……！」

莉莉忒雅和百合羽也因為我的反應而抬頭看向天空。

那架客機就這麼硬生生撞上了郵輪的操舵室。

伴隨難以想像會存在於這個世界的驚人轟響，令人站不穩的衝擊力道從船體傳來，讓我們都倒了下去。

「趴下！」

「呀啊啊啊啊啊啊！」

我緊急掩護莉莉忒雅和百合羽。因撞擊而碎裂斷開的飛機右翼如迴旋鏢般驚險削過我們頭頂上，掉入黑夜的大海中。

我還來不及回頭確認機翼的下落，飛機的主體便緊接著斷成兩半，噴出火焰，發生大爆炸。

彷彿從地獄深處竄上來的通紅烈焰直往高空延伸而去。

「嗚哇啊啊啊啊啊啊啊啊啊啊啊啊啊！」

遠處傳來不知哪位乘客發出的慘叫聲，又長又悲痛。

同樣的聲音從郵輪上多達幾百間房間的窗戶接連傳來。

艾麗女王號轉眼間被捲入呻吟哀號的漩渦之中。

又粗又濃的黑煙升向天空，船體大幅傾斜，許許多多人發出慘叫。

「這……這到底是……發生了什麼事……？師、師父……」

百合羽全身癱坐在地上，茫然望著眼前的慘況。

「這是什麼狀況……這是什麼狀況呀……！」

我才想問啊。

這究竟是什麼狀況？

歷經死亡才好不容易解決事件，忍受被殺的感覺才好不容易贏得的和平——竟然全被搗毀、燒盡。

那架客機是——

「莉莉忒雅……不可能……是那樣吧？」

「朔……也……不……啊啊……怎麼會這樣……那是！」

「……為什麼那架飛機會在這裡！為什麼會掉落到這裡！」

當它墜落下來的時候，我就看見了。

標記在機體上的機身編號。

那毫無疑問就是現在新聞中報導得正火熱的——那架遭到劫持的客機。

是追月斷也為了解決事件而搭上的飛機。

我脫下外套甩到一旁，拔腿衝向烈焰。

「朔也大人！不可以！太亂來了！朔也！」

甩開莉莉忒雅，只管往前衝刺。可是才前進不到十公尺，灼熱的空氣就讓呼吸變得困難起來。

「喂……騙人的吧？你應該沒事吧？你不是不死之身嗎？怎麼可能為了這種程度的事情……喂……！」

在熱風之中我拚命保護著自己的身體，繼續接近機體。然而靠得越近，就越能清楚看見無情的現實。

客機致命性地毀損，絕望性地破裂，熊熊燃燒著。

數量多達一打左右的陌生人手臂掉落在腳邊的地上，烤到半焦。

從前方機體裂開的隙縫中垂下大量像是聖誕節裝飾的緞帶，但仔細一看才發現，那是人類的腸子。

光看火勢就能清楚知道，客機上沒有乘客——沒有任何一個人獲救。

大家都死了。很公平地，全都沒有逃過死亡的命運。

「你騙我吧！老爸！」

他是不死之身啊。不會死啊。因為他可是追月斷也喔？是那個老爸喔？

絕對沒事的。搞不好等一下就會從旁邊的瓦礫堆下面若無其事地跑出來，講什麼「我稍微晒黑啦」之類的玩笑——

「嗚……！」

機油與血液混雜的黏液讓我腳下一滑，肩膀重重摔在地上。

手機順勢從口袋中掉出來，螢幕霎時點亮。

「啊……」

我有收到一封簡訊。

顫抖的手撿起手機。

寄件人是追月斷也。短短兩分鐘前寄來的。

——剩下就拜託你了。

「什麼啦……這種事，一點都不像你啊……你這個人……每次都是這樣……不會把話講清楚，隨便又含糊……做什麼事情都這麼唐突！」

簡訊似乎還有一點後文，但我沒能全部讀完。烈焰放出的高溫讓手機掛掉了。我整張臉都彷彿被火燒灼般疼痛。不，實際上真的已經開始被火焰燃燒。自己的頭髮與睫毛都飄出討厭的焦味。

腳下又變得更加傾斜，是艾麗女王號開始沉沒了。伴隨毫無現實感的軋軋聲響，船體逐漸斷裂。

我將堆積如山的殘骸一塊一塊搬開。客機的外殼與骨架燙得有如料理中的鐵板，每當我把手放上去就會發出滋滋的聲響。我雙手的皮一下子就焦爛剝落，十指很快就變得無法張開了。

即便如此，我依然拚盡全身的力氣，尋找還倖存的人。

「你的腦是什麼顏色？」

冷不防傳來的這個聲音，低沉而冰冷得讓人有種彷彿五臟六腑被人直接踩踏的感覺。

吸到黑煙的我把胃裡的東西都吐出來的同時，抬頭看見熊熊火焰的另一頭有個人影。

對方泰然自若地站在那裡。

「是紅色？藍色？還是灰色？」

空氣因為高溫而搖盪，讓我的視野變得扭曲。

「不講話嗎？但那樣就好。畢竟誰也沒有看過自己的腦子。能夠立刻回答的傢伙，肯定是冒牌的人類。」

站在烈焰另一側的某個人用平淡的語氣對我講話，簡直就像在十字路口等紅燈時隨口閒聊一樣。

不講話？才不是那樣。我正想回答那個人物的問題啊。

因為我以前有看過自己的腦袋。忘記是什麼時候了，有一次我被人敲破頭殺掉，臨死前就有確實看見。所以我很想回答對方，可是我的喉嚨早已被火燒爛了。

全身變得使不出力氣的我當場跪了下去，現在正提到的那顆腦子終於也吸收不到氧氣了。

「但願是灰色的啊。你的腦袋，就像追月斷也一樣。」

意識逐漸模糊之中，我的視線依然追著站在火焰另一頭的人影。

然而視野很快被遮蔽，讓我的眼睛追不上了。是我的眼球在高溫下蒸發，所以整個世界我都看不見了。

什麼也看不到，什麼也說不出來。我的全身就這麼被烈焰燒灼——又再一次死了。

神啊，祢會不會對我太狠了？

簡直誇張過頭。

難道說不只是我的身體，祢連我的命運都是隨便亂寫的嗎？

這樣我不管準備多少封遺書都不夠啊。

事件二　緋紅劇院殺人事件

KILLED AGAIN, MR. DETECTIVE.

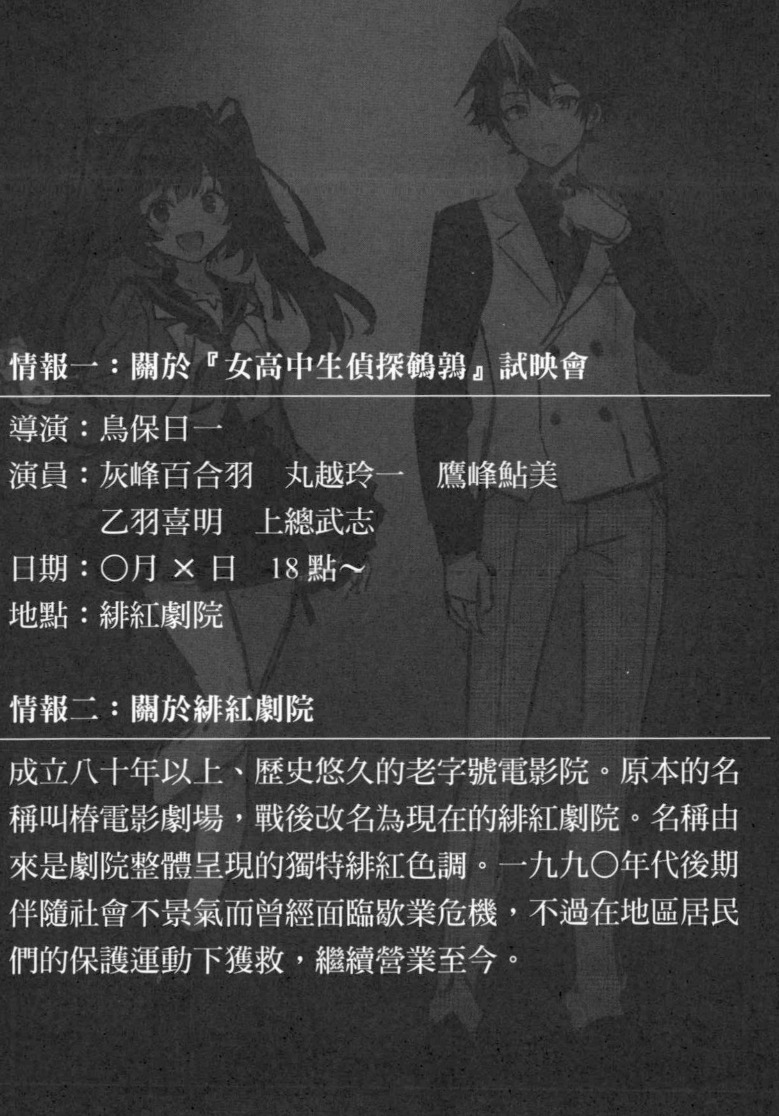

情報一：關於『女高中生偵探鶴鶉』試映會

導演：烏保日一

演員：灰峰百合羽　丸越玲一　鷹峰鮎美

乙羽喜明　上總武志

日期：〇月 × 日　18 點～

地點：緋紅劇院

情報二：關於緋紅劇院

成立八十年以上、歷史悠久的老字號電影院。原本的名稱叫椿電影劇場，戰後改名為現在的緋紅劇院。名稱由來是劇院整體呈現的獨特緋紅色調。一九九〇年代後期伴隨社會不景氣而曾經面臨歇業危機，不過在地區居民們的保護運動下獲救，繼續營業至今。

第一章　沒差啦，反正很閒

堪稱史上最嚴重的客機墜落暨艾麗女王號沉沒事件之後過了**兩個月**。

「不是有句話叫『撿回一命』嗎？在驚險之中得救而逃過死亡命運——大概是這樣的意思。但我最近對於這句話感到很在意。撿回一命。撿回？撿回是什麼？那樣講不就好像有失去過一次性命嗎？這不是很奇怪？性命本來就是大家都擁有的東西，卻說撿回來？如果要撿回來，就必然要先喪失過一次才行吧？因為沒有喪失的東西就撿不回來啊。可是讓性命喪失的意思就是死了。畢竟也有『喪命』這種講法。那麼正常來講，喪失的性命是撿不回來的。因為在喪失的那個當下就死了，不可能還撿得回來。這不是很怪？妳不覺得嗎？所以我認為，『撿回一命』這句話之中存在矛盾。」

令人愉快的星期五下午五點多，我一邊走在東京都內井然有序的人行道上，一邊大談語言的不完整性。昨晚我不經意想到這點，覺得這是自己近期來最大的發現，因此想要快點跟莉莉忒雅分享。

「好可愛……」

相對地，莉莉忒雅則是與一名正在等紅燈的女性擦身而過時，對女性抱在懷中的一歲小孩揮了揮手。她完全沒有在聽我講話。

「喂，莉莉忒雅！」

「哪有什麼矛盾呢？要說撿回一命，朔也大人不是每次都在做嗎？」

看來她其實有在聽的樣子。

「要講我的狀況是沒錯啦，但一般來說……」

「那麼『撿回一命』就是只為了朔也大人而存在的一句話啦。歪掉囉。」

她說著，一點也不猶豫地把手伸向我的領帶。由於她的表情出乎預料地毫無防備，害我的心用力跳了一下。

「夠了啦，莉莉忒雅，會被別人看到。而且今天只是個小小的試映會而已，沒有必要那麼講究。」

「什麼『小小的』，明明你出門前還在噴自己平常根本不會噴的香水。」

「……被發現啦？」

「怎麼可能不發現。」——她說著，把鼻子湊近我的頸部，讓我又覺得更加丟臉了。

「這個香水，請問是上禮拜那個人寄來給你的禮物對不對？」

「……是這樣嗎？……好像是吧。」

她指的「那個人」除了新人女演員──灰峰百合羽以外沒有別人。

我們今天就是受邀出席百合羽首次擔任主演的電影《劇場版・女高中生偵探鶇鶉》的關係人試映會，正準備前往都內一間叫『緋紅劇院』的電影院。

我和百合羽的邂逅已經是兩個月前的事情了。

雖然她和我本來是完全不同世界的人，但由於發生了一些事情，如今她變得很敬仰地稱呼我為師父，而她就在上個禮拜連同試映會的邀請函一起寄來一份禮物。

我把禮物的小盒子打開一看，裡面裝的是一瓶看起來頗時髦的香水。

「這樣要是我沒噴香水過去，感覺不是不太好嗎？畢竟今天擔任主演的百合羽當然也會出席啊。」

「我並沒有要責怪你的意思，只是你噴得有點太多了。」

莉莉忒雅說著，又把臉靠得更近。至於她自己身上則是飄散出不同於香水的自然香氣，像花、水果又像香皂。

「這種東西其實只需要噴到隱約有點香氣的程度就可以。」

「是喔？我平常根本不會用什麼香水，所以搞不懂該用多少啊。」

我今天為了配合香水，還姑且穿上了平常不會穿的正式西裝。其實我本來是把自己的西裝拿去送洗，但店家似乎出了點差錯導致趕不上今天，害我不得已只好穿上老爸的舊衣服。

因此這套衣服無論整體的剪裁或褐色的色調上，都讓人覺得有點跟不上時代。不過長度倒是剛剛好。

過了下午五點十，我們抵達緋紅劇院。

一如其名，這棟建築物從外觀到內部都用紅色統一色調。

「嗚哇，整片紅色。」

「很有整體感，非常美麗呢。」

「嗯……簡直像血液一樣。該形容成在什麼生物體內嘛……啊啊，萬一什麼陰錯陽差讓我在這地方被殺，我的鮮血肯定會滲染到這片赤紅之中，讓緋紅劇院(血染的劇院)的紅色又變得更深吧。」

「你要假想最壞的狀況是可以，但請你不要給一間普通的劇院取那種恐怖的別稱呀。」

劇院中有好幾間影廳，而這次的試映會是將其中一個影廳包場下來舉辦。

開場是六點，現在還有一點時間，然而大廳已經聚集了好幾位盛裝打扮的大人們，三五成群地閒聊著。

我在其中看到了自己認識的人物。

是百合羽的經紀人。

「唉呦您好～葛城先生，原來您已經來了。前陣子在別的案子上受您關照了。對～實在非常感謝您，百合羽也很高興呢。」

那個人態度親近地和貓奴的葛城製作人交談著。或許經紀人就是要那樣捧著名片與伴手禮來來去去，到處跟業界人士打招呼吧。

雖然我還沒跟那個人直接交談過，但已經能夠感受到他對工作的熱誠了。希望他務必繼續加油，讓百合羽成為大明星呢。

正當我如此遠望著那一幕互動的時候，從人群中走來一名穿著又皺又爛的大衣、和這個場合格格不入的男人。

「搞什麼，你果然也有受邀啊。」

「漫呂木先生也有受到招待嗎？」

我們彼此都伸手指向對方。

「那當然。這部電影的拍攝過程中，我可是身為刑警提供了各式各樣的協助。要說我是關係人也一點問題都沒有。」

我熟識的這位不得志刑警——漫呂木薰太得意洋洋地拉了一下西裝前襟。然而從他身上飄出的是香菸和咖啡的氣味，一如往常。

「你明明就沒特別做過什麼事。」

「我有好嗎！做了很多！」

「開玩笑的啦。那時候大家都辛苦啦。」

我語氣隨便地這麼回應後，他臉上露出有點不滿的表情。

所謂的『那時候』要回溯到大約一個月前，我們在一間飯店被捲入了重大事件之中。

那飯店通稱九龍飯店，就是今天試映的這部電影的拍片場地。

當時真的是令人毛骨悚然的一夜。現在回想起來或許不是用一句『辛苦』就能形容的。

「哼，真正辛苦的是你離開飯店之後啊。」

漫呂木像是挖出了什麼討厭的回憶般如此咕噥。不過他很快又「算了，比起那種事」地換個話題，並拉我到一旁的沙發。這沙發也是紅的。

「你坐一下。」

他稍微轉頭確認了一下周圍。

接著我們在沙發上並肩坐下，莉莉忒雅則是站在我的旁邊。

「什麼事？」

「你似乎在調查那件事情對吧？」

漫呂木乾咳一聲後說道：

「不要再深入其中了。」

「那件事情？」

「喂！你還跟我裝蒜嗎！就是兩個月前那場重大意外啊！」

「那不是意外，是人為引發的事件。」

前所未有的客機墜落及艾麗女王號沉沒事件。我從來沒有一天沒在思考那天的事情。怎麼可能不再繼續深入？

「就是因為這樣啊。你說得沒錯，那件事背後有個犯人，而你就是在調查引發事件的那幫人對吧？但你聽我說，關於那件事情現在全世界的警察組織、ＩＣＰＯ、ＦＢＩ甚至連軍方都在調查，已經發展為一樁國際問題了。所以——」

「漫呂木先生，你剛才說了『那幫人』對不對？果然犯人就是最初的七人（Seven Old Men）嗎？」

「你……」

漫呂木尷尬地把身體靠到沙發椅背上。

「你果然已經調查到那裡了啊。這好歹是機密情報的說。」

「是的，但我也只有調查到這邊而已。過去老爸身為偵探逮捕的七名罪人——那就是《最初的七人（Seven Old Men）》對嗎？」

講起來很丟臉，我是直到最近才知道那個存在的。以那起事件為契機，我第一次翻閱老爸遺留下來的事件簿，才從中得知。

殺人魔（Kill Wonder）　嬉原耳　徒刑兩百五十年
國家級武力（War Lord）　浩濤　徒刑四百一十一年
作夢機械（Android）　蕾莉塞特　徒刑六百三十八年
人類愛食家（Rancid）　塔麗塔・里格比　徒刑七百八十四年
世界情人（Empress）　Y・德林傑　徒刑九百九十九年
大富豪怪盜（Celebrity）　夏露蒂娜・茵菲利賽斯　徒刑一千四百六十六年
破戒偵探（Sleuth）　齊爾希　徒刑三千八百七十五年

最初的七人（Seven Old Men）——那是甚至被人形容為災禍的七名國際通緝犯的總稱。我不知道一開始是誰先講出來的。

「我聽說那幫人被老爸逮捕後，收監在世界各國最高等級的監獄中。」

「對，那七個人就這樣從罪犯成為了囚犯。」

當然，其中也有在一些國家的法律中即使被處死刑也不奇怪的人物，但全都由於各種無從估量的內幕因素而活了下來。導致的結果就是他們每個人被判決出那些簡直像在開玩笑的徒刑年數。

「對，然後……其中有五名現在已經越獄了。」

而我推測讓那架客機墜落的就是最初的七人（Seven Old Men）之中的誰。或者他們所有人可能都在背後有扯上關係。

警方似乎也是這麼推測的。

「那幫人為了復仇而發動劫機事件把老爸釣出來，然後使客機墜落。而且還格外用心地把身為兒子的我正在搭乘的郵輪都調查出來，讓飛機掉到船上。」

這行動連累到多少人？害多少人死了？

「原來你也會生氣得這麼明顯啊。」

漫呂木雖然這麼說，但他並不是在調侃我，而是真心感到驚訝的樣子。接著他似乎總算服輸，把情報提供給我：

「……雖然國家至今千方百計下封口令隱瞞這件事情，但還是有媒體開始報導他們已經越獄的事實。畢竟現在這個時代，已經沒辦法一直操作情報下去了。不過最新的情報還勉強沒有被洩漏出去。」

「最新的情報？」

「就是那幫人當中，已經有幾個人入境到這個國家。」

我霎時有種耳朵深處的氣壓改變的錯覺，就像把耳機的降噪功能打開時的感覺。

彷彿世界往下坍陷了一層——

那幫人搞不好已經在自己身邊了。

「既然知道了這些事情，你就給我乖乖安分點，不要輕舉妄動。聽好，我這是基於善意對你提出忠告。朔也，你現在的眼神看起來就像巴不得立刻動身去抓住他們啊。」

他這句話讓我聽得措手不及，忍不住摸了一下自己的臉。

「你看起來太危險了。」

「那麼亂來的事情……我不會做啦。我只是想要知道那天的真相而已。」

「假如你想幫你爹報仇，我勸你作罷。還無法獨當一面的你不可能辦到那種事。畢竟就連那個不死的追月斷也……也被擊敗了啊。」

報仇？不對。漫呂木先生，不是那樣。我打從心底就沒有那種念頭。

「我老爸還活著。」

「你難受的心情我能理解。畢竟不只是母親，連父親也遭遇那種事情。你當然……」

「我這並不是一廂情願的妄想，反而應該說是絕望性的推測。即便假設出最糟糕的狀況，依然只會讓人覺得他還活著——追月斷也就是這樣的男人。或許可以說是身為兒子的直覺吧。」

「你……」

「所以在老爸哪一天若無其事地跑回來之前，即使是個半吊子的兒子也依然必須想辦法把追月偵探社經營下去啊。」

話雖如此，但我這麼做並不是為了遵守老爸給我最後那封信的內容。我不是想當個孝子，這是我自己的意志。

「現在的我是代理老闆，所以我必須最起碼完成個一兩件像偵探的事情才行。雖然也很辛苦就是了。」

我抱著確信如此表示後，漫呂木依然一臉不開心的樣子，但稍微笑了。真是一張靈活的臉。

「雖然你那危險的樣子讓人看不下去，但你似乎沒在擺爛，這點就讓人放心了。哦哦，已經到這時間啦。」

他說著，從沙發站起身子。

我看一下時間，的確快要六點了。

在我們談話的這段時間中，大廳內陸續聚集了許多電影關係人。

剛上完洗手間愉悅地從對面朝這裡走過來的，是導演烏保日一。他應該才三十多歲而已，身上卻穿著不合年紀的老款式西裝。雖然我現在沒資格講人家就是了。

他和我一瞬間對上視線後，便露出彷彿感慨與恐懼並存般難以言喻的表情，向我點頭打招呼，接著匆匆離去。

我和他之前在拍片現場也有見過面，也許他看到我的臉就會想起在九龍飯店的那起事件吧。

有一名男子發現那位導演，快步走了過去。

「導演！恭喜你這次的作品完成了！今天就請你坐在正中間的特別座吧。我會叫我們家漂亮的百合羽坐在你旁邊的。」

看來他是百合羽隸屬的經紀公司中稍微比較有地位的人物，站在一旁的經紀人則是帶著一臉感到討厭的表情。

「呃不，我那個……」

面對這種堪稱過時的公關接待方式，鳥保表現得有點退縮。

「請你不用客氣，好好享受！」

看來那人身為導演也有辛苦的地方。

「話說回來，真虧他們發生過那種事情還能堅持把電影拍完呢。」

假如站在百合羽的立場來想，我真的為她慶幸電影沒有因此作廢。

「……莉莉忒雅？」

明明我剛才那句話是對莉莉忒雅講的，她卻沒有回應。

於是我感到奇怪地轉頭一看，發現她在櫃檯購買兩人份的飲料和爆米花。然後她端著餐盤走過來，腳步似乎還有點開心的樣子。

「朔也大人，請問要不要另外加點熱狗堡呢？」

「呃，原來妳是會買這種東西的類型啊。看電影的準備可真齊全。」

我把心中的感想率直地講出來，結果她「啊！」地把餐盤藏到後面去了。

「不是！莉、莉莉忒雅並沒有……！」

看來她非常期待的樣子。

好啦，電影試映會要開始了。

□

「師父～！這邊！你的頭號弟子百合羽在這裡呦！這邊！」

我們一踏進影廳，前方就有隻精力旺盛的小狗狗在搖著尾巴。

不對，那是今天的主角——主演女星百合羽。她穿著以黑色為主的緊身晚禮服，上面再披著一件短上衣，打扮得非常漂亮。

影廳內同樣從牆壁到椅子全部統一為紅色，所以更是凸顯出百合羽美麗的一襲黑衣裳。

You're all set
© riichu

「師父！我幫你占了個最棒的位子喔！」

每當百合羽揮著手，她苗條的蠻腰以及呈現對比的豐滿胸部就會跟著一起左右搖盪。

我就這麼被她吸引過去，坐到了她左邊的位子。中間微微偏後方的座位。原來如此，確實是最棒的位子沒錯。

「請問這座位如～何呀！是不是別具一格？」

百合羽張開雙臂擺出歡迎的動作，滿心『快點誇獎人家！』的思考都清清楚楚寫在她的臉上。

而我回應她「也沒別具什麼一格，看起來跟其他座位一樣啊」後，她就「啊嘻嘻！」地發出一如往常特殊又可愛的笑聲。

「這樣我是很感謝啦，但這種位子給我坐真的沒關係嗎？應該給其他更重要或關係更深的人坐才對吧？」

坐在周圍的人感覺也全都是那種人物。

「能夠注意到這點，不愧是師父。雖然座位並沒有指定，但通常都會按照慣例有固定的座位，然後你坐的這個位子本來應該是給導演坐的。」

「呃！」

我聽她這麼說，忍不住把屁股抬起來。

「哎呀哎呀別擔心，這次是導演本人偷偷把位子讓出來給我的。他說他有個自己講究的位子。你看。」

百合羽按住我的肩膀讓我重新坐下後，伸手指向影廳後方的角落。我轉頭一看，發現烏保導演就坐在最後排最左邊的座位。

「他好像從小時候到電影院都是坐那個位子的。據說從那個角度最能夠專心欣賞電影的樣子。」

真不愧是電影導演。這個講究我有點不太能理解啊。

「既然這樣，我就卻之不恭啦。可是……」

這樣我旁邊沒有給莉莉忒雅坐的空位。百合羽一發現這點，臉上就明顯露出「搞砸啦！」的表情，懊惱抱頭。

「對不起！我想得不夠周全……不、不然莉莉忒雅小姐請坐這裡吧！沒關係，我去找其他位子……一個人孤孤單單……」

她從座位上站起來，「請坐請坐」地要把位子讓給莉莉忒雅。但是再怎麼說，我們總不能把原本應該給導演和主演女星的座位都霸占掉吧。而且百合羽本人臉上也完全藏不住寂寞的表情。

「百合羽大人，請妳不用在意。我會移動到別的地方。」

莉莉忒雅當然也很清楚這些道理，於是態度圓滑地讓百合羽重新坐下後，轉身離去。

「那麼朔也大人，請多保重。」

「什麼多保重……呃，莉莉忒雅……我的……爆米花……」

「嗯？這全部都是我的呀？」

我家助手似乎還在為剛才那件事生氣的樣子。

沒多久後，鳥保導演一臉靦腆地走上大銀幕前，開始簡單的致詞。

關於今天天氣的話題。只有一部分自己人才聽得懂的笑話。然後是作品完成為止的艱苦歷程。

個性內向的鳥保導演這段致詞雖然稱不上多精采，但我跟他一同經驗過那歷程中最艱苦的部分，因此他的話讓我聽得深有感慨。

「無論喜歡與否，電影都能夠記錄一個時代。就這個意義上來說，呃……這次能夠將如今已不存在的水島園那座日輪摩天輪收入電影畫面中，對我個人是非常開心也非常有意義的事情——」

試映結束後也有預定要讓演員們上臺致詞。

在一片掌聲中導演下臺後，影廳內的燈光便靜靜地轉暗。雖然我並沒有要說自己多內行的意思，不過我還頗喜歡電影開始前的這種氣氛。如果手邊有爆米花跟碳酸飲料會更理想就是了。

在銀幕上開始映出影像前的短暫寂靜中，百合羽輕輕戳了兩下我的上臂。於是我做出反應把頭轉過去，發現她的臉就近在眼前。

「你今天有噴那個香水來呢。」

細語輕撫我的耳朵。

「哦哦，嗯，做為一種禮儀。」

「噗……！你在講什麼呀？」

由於我實在忍不住緊張，結果回應得有點牛頭不對馬嘴。

百合羽為了不讓周圍聽到而憋住笑聲，天真無邪地「嗚呼呼」笑著。

我不禁再次體認到，她真是個漂亮到令人驚豔的女孩。或許因為今天這是她人生中的一大舞臺，我甚至覺得她看起來不同於以往而顯得成熟。

「謝謝妳的禮物了。」

我對她致上遲來的謝意後，她似乎察覺自己把距離靠得太近了，慌慌張張地把身體拉遠。

「不、不用客氣啦，那是謝禮呀。雖然我在店家猶豫太久，花了很多時間就是了。」

「香水這種東西我平常根本不會用，所以覺得有點靜不下來……不過這麼說來，這香味……」

其實這香水的味道我隱約有點印象。但我講到一半又把話吞了回去。印象中我以前好像在哪裡聞過——我本來打算這樣講，可是對於努力為我挑選的百合羽講這種類似「其實我身邊好像已經有人用過這香水」的發言，總覺得有點不太禮貌。

因此我接著說一句「可是妳說什麼謝禮？」嘗試換個話題。

「那當然是對很多事情呀。像師父在郵輪上拯救過人家，在拍片中的那起事件時也是……而且師父還成為了我的師父。」

「雖然關於師父這件事感覺是妳硬來的啦。」

「是的，我強硬說服成功了。」

可愛的新人女演員得意地挺起胸膛。這女孩就算講出類似這樣的發言也一點都不會讓人覺得討厭，真的很不可思議。

「不過我看著師父，感覺真的比以前稍微更理解偵探是什麼樣子了。」

「妳理解了什麼？」

「我以前對偵探的印象就是手上拿著菸斗，一臉嚴肅地靜靜思考著凶手的事情。但現實中的偵探其實是每當有事件發生就會渾身是傷，好幾度面臨死亡的危機呢。」

「那個認知是錯的。」

那只是極少數的不良例外。

「嘿嘿，那麼將錯就錯也沒關係，我只會以師父為榜樣的。今後也請你多多指導囉。」

「雖然我並不是什麼可以指導別人的立場啦，只要妳不嫌棄就好。但是我不會讓妳去做危險的事情喔。」

「不好意思，總是讓師父來救我……如果我也能像莉莉忒雅小姐那麼強就好了。」

「要是連妳都變強，我的面子就掛不住啦。百合羽只要保持現在這樣就好。」

個性開朗活潑又貼心可愛的女孩子，而且像隻小狗一樣。

嗯嗯，她果然還是保持這樣比較好——正當我如此獨自點頭的時候，百合羽的臉忽然紅了起來。

「那、那意思是、當遇上萬一的時候，師父都會挺身保護人家嗎？」

「呃……也是啦，假如真的遇上萬一，我會保護妳。」

到時候何止是挺身保護而已，感覺我應該會一如字面的意思犧牲身體就是了。

百合羽依然紅著臉，露出調侃的表情。

「師父你該不會總是像這樣在各種案發現場用若有深意的曖昧發言，將女孩們的密室一一解開的吧？」

「這誤會可大了。」

什麼叫女孩們的密室啦？

「原來你都沒自覺呢～看來不只是偵探而已，我好像對師父的事情也漸漸理解囉。」

「妳等等！」

就在這時，銀幕上「啪！」地映出影像。似乎要開始了。這下我錯過為自己辯解的機會，但正式開始前至少有件事我要說清楚：

「我也覺得自己漸漸理解百合羽啦。」

「咦？」

「有著一張可愛的臉蛋，卻意外暗藏尖刺啊。」

我本來以為自己成功反擊，但百合羽聽到我這句話愣了一瞬間後，把食指放到自己嘴邊露出微笑。

「那你要不要偷偷被我刺刺看呢？」

「妳剛說我總是在講若有深意的發言……這句話，我要綁上蝴蝶結原封不動地奉還給妳。」

我們對彼此的玩笑話都小聲笑了起來。

好啦，跟徒弟的嬉戲調情就到此為止，專心看電影吧。畢竟是歷經那些千辛萬苦才總算完成的作品，就讓我從頭到尾好好鑑賞一番。

電影從描寫主角鶺鶺的日常生活開始。

像個普通高中生的生活，透過很有電影風格的一鏡到底手法拍攝下來。映在銀幕上的百合羽看起來簡直判若兩人。

我忍不住偷瞄旁邊。她本人就坐在那裡。感覺真是奇妙。

現實中的百合羽察覺我的視線，結果跟我對上眼睛。

她似乎在掩飾尷尬而對我吐了一下舌頭。

後來電影場景慢慢轉移到重要的事件現場。

登場人物也全部到齊，背景伴奏開始炒熱氣氛。

電影劇情接著逐漸升溫——

正當如此感到期待的時候，畫面突然一片黑暗。

「咦？」

當然，整間影廳也因此變得烏漆抹黑，很像在家看電視的時候忽然停電時的那種感覺。

大家都騷動起來。

就在我打算問百合羽「這是特別效果嗎？」的時候，導演的聲音傳來。

「喂，怎麼回事！」

「對不起！器材出了點問題！」

遠處的工作人員如此道歉。在漆黑之中，只有聲音往來。

這部電影簡直苦難連連啊。

不過只要稍等一下應該就會再度開始放映了，沒必要感到焦躁。

反正就算電影停了也不會死。

現在還有時間，我就一邊抱著期待，一邊慢慢等——

□

當我睜開眼睛，發現莉莉忒雅五官極為端正的臉蛋就在眼前。

她確認我醒來後，把臉靠近過來輕柔呢喃：

「歡迎『回來』，朔也大人。」

「……咦？」

我一時之間無法理解狀況，趕緊把身體坐起來。這裡是試映會的影廳，而我坐在自己的位子上。莉莉忒雅坐在我左邊，剛才似乎讓我躺在大腿上的樣子。

銀幕上在播放電影。我記得應該由於器材出狀況而中斷了才對，不過現在問題已經解決，再度開始播放了。

場景正在描寫鶺鴒為了推理事件真相而絞盡腦汁的橋段。

『事件的凶手究竟是如何偷偷靠近到被害者背後的？我一點都沒有頭緒呀！好想回家！』

這個不太可靠的感覺就是女高中生偵探鶺鴒的特色。

「凶手……」

多虧看到這一幕，讓我喚醒了記憶。

「……對了，我……被殺害了。」

我把手放在嘴巴，眼睛凝視虛空。這是為了讓我接受自己的死亡所必要的時間。

「你又被殺了呢，朔也大人。」

「……看來是這樣。」

「啊，師父，你醒來啦？」

與莉莉忒雅相反的另一邊忽然傳來百合羽的聲音。

「看來你很累的樣子呢，已經快到最後的劇情囉。」

「……抱歉，呃……沒發生什麼事吧？」

「哪裡叫沒發生什麼事～師父你在途中睡著了呀。」

看來她並沒有發現坐在旁邊的我被殺掉的事情。

「就是剛才器材出問題，變得一片黑暗的時候。再度開始播放時我見你閉著眼睛躺在椅子上，本來還考慮要不要把你叫醒的。但又想到你可能是工作太累，所以決定讓你睡一下。結果莉莉忒雅小姐就悄悄跑過來。」

「然後我誠懇拜託，請坐在這裡的人把位子讓給我了。」

莉莉忒雅指著自己坐的位子如此說明。我不太記得原本坐在左邊的是誰，但願不是什麼很大牌的人物。

「真不愧是莉莉忒雅小姐，即使沒坐在一起也能注意到師父的狀況。而且、那個，還讓師父躺大腿。」

百合羽莫名扭扭捏捏起來。

「雖然這樣形容有點奇怪，但我感覺自己好像看到了聖母呢。」

「聖母？」

我聽不太明白她究竟在講什麼。

「就是那個呀，莉莉忒雅小姐看著師父的睡臉時，表情好溫柔——」

「百合羽大人，應該是妳看錯了吧？畢竟這間影廳這麼暗。」

「咦？那摸摸頭的事情呢？」

「那種事情莉莉忒雅才——才沒有做呢！並沒有做好嗎？」

她前半的「才沒有做呢！」是對著我說，後半的「並沒有做好嗎？」則是對著百合羽說的。

「好啦，百合羽人人，請專心看電影吧。今天是難得的試映會呀。」

「對、對喔。啊，人家講經典臺詞的那一幕已經結束了……」

百合羽雖然頓時垂頭喪氣，不過還是重新把注意力放到銀幕上。我確認這點後，偷偷在莉莉忒雅耳邊問道：

「然後呢？我是被什麼人怎樣殺掉的？」

「應該是被注射了某種毒藥。在朔也大人的頸部有注射過的痕跡。」

我忍不住把手放到脖子上。

「請問你什麼都沒注意到嗎？」

「那時候……就是電影中斷而變得一片漆黑的時候，不知道什麼人讓我昏睡過去了。在黑暗中，突然有人從背後拿了什麼東西給我聞……」

「或許是氯仿吧。實在很抱歉，莉莉忒雅沒能立刻發現。畢竟朔也大人只要稍不注意就會被人用各種手段殺死，所以我無時無刻都不會把目光移開的說。」

「關於這點是我要跟妳道歉才對。」

「當燈光恢復，電影再度開始播放的時候，我就看了一下朔也大人的狀況，見到你渾身無力地躺在椅子上，頓時有種不好的預感。」

靠她的觀察力，肯定一眼就能看出我究竟是不是在睡覺吧。

「於是我偷偷靠近確認，發現你已經喪命了。莉莉忒雅真是沒用。」

「不，這也不能怪妳。畢竟妳坐得比較遠，而且當時又一片漆黑。」

甚至連坐在我旁邊的百合羽都沒能發現了。

「雖然說，就算當時不是在黑暗之中，我想妳應該還是沒能及時發現吧。因為妳好像比較注意自己手中的爆米花。」

被我這麼一說，莉莉忒雅微微挑起眉毛，抗議似地把身體靠過來。

「朔也大人，我確實是個在關鍵時刻沒能在你身邊的無能助手，在這點上我甘願挨罵。但你如果這樣靠臆測毀損我的名譽，我就不能放過了。請問你有什麼證據講那種——」

她似乎也有她所重視的自尊心，表現得相當憤慨。而我一邊聽著她的話，一邊把原本猶豫該不該講的事情說了出來：

「因為證據（碎屑）就沾在妳嘴邊啊。」

「呵呵呵，真是有趣的心理戰。」

然而莉莉忒雅的表情依然從容不迫，把手放到嘴邊優雅微笑。

「……妳現在一邊笑一邊偷偷擦了嘴角對吧？」

而且臉蛋還那麼紅。

言歸正傳，我稍微確認了一下自己座位的背後。那裡有一條大約寬一點五公尺的走道，我們坐的這一排剛好就在座位區塊的邊緣。

若無其事地把姿勢轉回來後，我們都把視線朝著銀幕繼續對話。

「有人利用那場黑暗偷偷靠近我背後……是吧。」

工作人員大概認為狀況很快就能排除，所以在那段期間都沒開燈，讓影廳內保持著黑暗。

「影廳完全漆黑的時間大概有幾分鐘？」

「頂多五分鐘左右。」

「那樣就已經充分可以犯案了。」

「話說為什麼湖也大人會這樣接二連三地被人盯上性命呢？而且不只如此，每次都會確確實實地被殺掉。太大意了。」

「我才想問哩。」

我萬萬沒有料到自己竟然會在電影院被殺掉。至少在看電影的時候讓我安心一下行不行？

「然後，請問你有什麼頭緒嗎？」

「我才沒有什麼必須被人殺掉的理由啊……應該沒有吧？總不會是我沒有自覺而已，其實是個到處跟人結怨的人渣吧？假如有那樣的跡象拜託妳告訴我，不要默默不講話喔？」

「請你不要講那種像是在意自己有沒有體臭，自己卻聞不出來的上班族一樣的話呀。雖然說，我認為你偶爾也要像今天這樣噴個香水，稍微注意一下會比較好就是了。」

「我對那方面真的很不熟啊，自己去買又感覺很丟臉。」

「是喔～」

什麼「是喔～」啦？好歹我是偵探妳是助手吧？態度會不會太草率了？

「既然這樣……下次莉莉忒雅去幫朔也買個適合你的東西……也可以喔？」

「真的嗎？其實我最近內心有點在意自己身上是不是開始散發屍臭……等等，我們本來在講什麼？」

「咳……言歸正傳，關於凶手的下落。」

「是那個話題嗎？算了，也沒差。然後呢？」

「從朔也大人陷入長眠之後到現在為止，影廳出入口的門都沒有打開過任何一次。」

「妳連那種事都有在確認啊？」

「門只要有稍微打開一點，外面走廊的燈光透進來就會一目了然，我不可能漏看的。」

「也就是說，毒殺我的凶手還在這影廳中欣賞著電影是吧？」

「或許是打算等放映結束後大家一起離場時，混在人群中逃脫出去。」

「嗯～……可是那位女性到底對我有什麼仇呢……」

我越想越不明白自己今天在這個時機被殺掉的理由。

「……朔也大人，請問你說了什麼？」

「嗯？」

「你說『那位女性』？請問凶手是女性嗎？」

「啊，抱歉，我忘了說。嗯，我猜應該是吧。因為我昏睡之前，有聽見凶手的聲音。那聽起來感覺是女性沒錯。」

電影的劇情一分一秒地進行著，快要進入最後一幕了。

女高中生偵探鵪鶉和現實中的我不一樣，她已經把飯店發生的恐怖事件順利解決，正準備朝氣蓬勃地從正面玄關奔出去。

「這種事情請你一開始先講清楚呀。在講人家爆米花怎樣之前。」

她還在跟我記恨。

「抱歉抱歉。」

「那麼，請問凶手說了什麼？」

我翻找著連同藥物氣味一起留在腦中的記憶，把當時耳朵聽到的話講出來。

我記得凶手是這麼說的——

——沒有把摩天輪切掉就是不對。

「摩天輪……？是遊樂園裡的那個嗎？」

「應該是吧。」

「那是有辦法切斷的東西嗎？」

「至少靠剪刀或刀子肯定沒辦法吧。」

「會不會是什麼暗號？」

「或許懂的人就是可以聽懂。」

「請問你有頭緒了？」

「嗯，我復活之後對這句話的意思做了各種思考，想到一種可能性。關於這點，莉莉忒雅，我想特別拜託妳一件事。」

「好的。」

回答得真乾脆。莉莉忒雅的眼神中流露出無論是怎樣的難題、怎樣危險的任務，都一定會達成給我看的幹勁。

「拜託妳跟我一起欣賞這部電影剩下的部分吧。」

「……啥？」

她臉上的表情簡直有如傻眼錯愕的最佳範例。給人印象總是機靈聰明的她會露出這種表情，講得直截了當些，真的非常可愛。

「認真地，觀賞每個細節。」

「請問、那樣就好了嗎？」

「拜託啦，莉莉忒雅，陪我一起看電影嘛。」

「我是、沒差啦。反正很閒。」

莉莉忒雅不知道為什麼，講得好像勉為其難答應去約會的女生一樣。

後來我們就一如字面上的意思，兩人一起認真欣賞電影。或者應該說——觀察電影。

沒多久後，某個場景、某個風景映在銀幕上。

是在屋外拍攝的橋段。

看到這一幕後，莉莉忒雅似乎總算理解地輕輕點頭。

「朔也大人，原來是這個意思呀。」

「應該是吧，嗯。」

我也同樣點點頭後，接著開始聞起自己身上的味道確認。結果莉莉忒雅見到我這動作，感到抱歉似地拉了一下我的袖子。

「請問你該不會是把我剛才講的話當真了吧？我並不是那種意思喔？」

「咦？哦哦，我不是真的在確認自己有沒有體臭啦。我只是思考著凶手要殺我的理由時，事到如今才想起了一件事，所以確認一下而已。」

然後確認的結果，我發現應該不會有錯了。

「這樣嗎？那就好。」

她在這種奇怪的事情上對我很溫柔嘛。

「莉莉忒雅，關於接下來的行動……」

「我很清楚。那麼我先去準備了。」

「好。」

我家助手無聲無息地從座位起身，鑽到走道去了。

留下來的我則是慢慢把剩下不多的電影欣賞到了最後。

嗯，真是好電影。

我接著不經意看向旁邊的百合羽，發現她流著瀑布般的口水，睡得正熟。

喂，主演女星，要進入片尾字幕囉。

第二章 就評為劇場椅偵探吧

比莉莉忒雅稍遲幾分鐘後，我也從座位站起來，走向凶手的位子。

對於途中起身的我，後面座位的觀眾紛紛投以冰冷的目光。影廳內的男女比率是六：四左右。

我在黑暗中凝神尋找。

找到了。莉莉忒雅已經坐在最後排的某個位子上。

我一眼就確定了，坐在她左邊的人物就是凶手。

於是我脫下西裝外套掛到肩上，走過去對那個人說道：

「方便讓我坐在旁邊嗎？」

對方很明顯地變得緊繃僵硬。哎呀，這是很正常的反應吧。

我不等對方答應，就逕自坐到左邊的空位上。

莉莉忒雅和我兩個人，從左右夾住了凶手。

「……你是誰？」

「就是剛才被你殺掉的人。」

「我才不認識你。」

少年斬釘截鐵地否定了我的話。他年紀看起來應該是小學生，不，大概中學一年級左右吧。頭髮長度遮住一半的耳朵，瀏海蓋到眼睛。

「這邊的女僕也是你同伴？」

像他這個年紀的少年特有的聲音，音調高而不安定。確實是我剛才耳邊聽到的聲音。

其實那聲音並非女性，而是變聲前的少年啊。

「莫名其妙。你們到底是什麼人？」

「就是我啦，我。」

「詐欺嗎？小心我叫警察喔？」

他的聲音雖然有一點點沙啞，但音調還是高得莫名惹人憐愛，像是女孩子一樣。

「如果叫了警察是誰會比較傷腦筋呢？你這樣也不知道嗎？」

我把剛才脫下的外套丟給少年。不自覺接住外套的他似乎一瞬間就理解了我在講的事情，表情變得僵硬起來——把我的外套拿到面前開始聞起味道。

我先講清楚——這絕不是我有什麼特殊的體味，會使得具有某種癖好的人沉迷而難以自拔。

他在聞的，是我今天噴在身上的香水氣味。

「是不是聞得到？跟鳥保導演同樣的氣味。」

他看看那件外套再看看我，頓時全身無力地癱了下去。

「搞什麼……這個，難道說……」

還處於成長期的細小身體從座位上慢慢往下滑。看來他也明白了。

「對，你認錯人了。啊，把外套還給我……喂，別扯啊。會、會變形！衣服會變形啦！」

我好不容易從少年手中把外套搶回來，重新穿到身上。

「你叫什麼名字？」

「……棗。」

也許因為還在茫然自失的緣故，他意外老實地說出了自己的名字。

「我叫追月朔也，是個偵探。」

「偵探……？」

少年露出彷彿在看什麼艱深難懂的現代藝術作品一樣難以言喻的狐疑表情看向我。

「棗同學，你真正的目標其實是鳥保導演。可是在黑暗之中，你把我跟導演搞錯而誤襲了。」

「看來……就是這樣吧……」

「果然如此。你在試映會開始前，是不是在大廳預先調查好導演會坐在哪裡了？然後等導演致詞結束，準備要開始試映的時候才偷偷溜進影廳中。」

我一邊說明的同時一邊觀察少年的表情變化。雖然沒有明顯的改變，但我發現了一件事，這孩子是個不得了的美少年啊。

唯有在他這個年紀的某個時期才會顯露出來的一種中性而帶有幾分憂慮的美感之中，又能感受出可能毫不猶豫地直往毀滅而去的危險與激情。

說不定他是這部電影中哪位演員的兒子。假如是這樣，他要溜進今天這場試映會也比完全無關的一般人來得容易吧。

「但是很抱歉。由於一些因素，在電影開始前原本應該給導演坐的位子變成我坐在上面了。而且今天我穿來的這套西裝又跟鳥保導演的西裝在外觀上很相似，其實這是比較老舊的款式。」

另外，坐在椅子上也不容易判斷身材上的差異。在大銀幕的逆光中浮現的身體輪廓，加上又是在昏暗的環境中從遠處觀察，肯定很容易認錯吧。

「然後你趁著器材出狀況使得場內一片漆黑的時候，認為不可錯失這個機會而做出行動了。」

從背後接近，透過氣味辨識目標，接著下手。

「你講得沒錯。但其實我直到最後一刻都在猶豫……要不是發生那樣的意外狀況……我可能到最後都沒有付諸行動吧。」

從他的樣子看起來，他說在猶豫應該是真心話。可是絕佳的良機忽然降臨眼前，促使一名少年動身犯案了。

「當時雖然一片漆黑，但畢竟鳥保導演身上的香水味很特殊，想要不留下印象都難。你就是靠著那個氣味接近的吧。然而在這點上同樣很抱歉，今天我身上很巧合地噴了跟導演同樣的香水。」

由於這兩項對東來說是非常不幸的巧合湊在一起，害他搞錯了殺害對象。

「我明明計畫了那麼久……居然……會搞錯。但既然這樣……你為什麼活著？我應該親手給你下毒了……難道是不死之身？」

「我絕對不是什麼不死之身。」

「那是我配毒的比例調太少了嗎……」

居然是自己生產的毒啊，太恐怖了吧，我體內到底是被注射了什麼東西？

「你放心吧，我目前並沒有要把你交給警察的打算。」

「你要放過我？」

「那要視你的動機而定。假如你是個無藥可救的人渣少年，為了今後著想就必須讓你好好接受法律制裁。但假如你的行動是基於某種迫切的理由，我可以放過你沒關係。」

「……你，叫朔也是吧？」

「不用謝我。」

「總覺得你的提議超恐怖的。感覺就像用異常的兩個選項脅迫對方，假如對答案感到不滿意就會殺掉對方的瘋狂殺人魔一樣。」

確實。聽他這麼說我也稍微能理解那樣的感覺，但我可不想被一個用毒殺人的少年這麼說啊。

「然後呢？你為什麼想殺掉導演？」

「很簡單，因為我想迫使這部電影無法公開上映。」

「因為你不喜歡摩天輪的那一幕？」

我這麼一說，他頓時臉色一變，重新看向我。

「……看來你說偵探是真的。」

也就是說我講對了。

「謝謝誇獎。不過這是你自己告訴我的喔。你說『沒有把摩天輪切掉就是不對』。其實那句話你應該是想對鳥保導演講的，可是實際上聽到的人卻是我。然後我起初還搞不懂那是什麼意思，但後來假設那句話是對導演說的，我就多少理解啦。」

我舉起一隻手做出剪刀的手勢，一開一合。

「你說的『切掉』其實是指在編輯電影的時候把不必要的場景剪掉刪除的意思。也就是剪片。在電視的綜藝節目上，有時候藝人也會開玩笑說『剛才這段請剪掉』之類的。換言之，你無論如何都希望導演把摩天輪那一幕刪除對吧？」

明白這點之後，我和莉莉忒雅兩個人便努力尋找在劇中有拍到摩天輪的場景。假如沒找到，就表示那一幕在我被殺掉的那段時間已經過去了。我本來打算到時候就去拜託導演，讓我重新檢驗一下電影膠卷。不過在最後，那一幕確實登場了。

具體來講，就是透過望遠鏡頭拍攝老舊小路的一幕。

女高中生偵探鵜鶘走在一條直直延伸的小路上。

然後在遠方拍到令人印象深刻的摩天輪。

在摩天輪的圓環內——夕陽漂亮地收在其中。

也就是導演在上映前的致詞中提到的摩天輪。

那是只有在特定時間、特定地點才能拍到的景象，人們也因此將它稱為日輪摩天輪。

路上的行人們感覺不像是臨時演員，非常自然地過著日常生活。

在那樣的一幕中——畫面靠近鏡頭的地方，拍到了棗的身影。

那是如果沒仔細尋找就無法察覺的短短一瞬間，而且焦點也有些模糊。不過確定就是他沒錯。

「你……應該不是正式受邀出演的臨時演員吧？」

我這麼一問，他便立刻點頭。也就是說，那一幕是現場負責人在沒有徵求同意之下拍攝的。

「意思說你身邊的那位女性，同樣也是在非自願下被拍進畫面的了。」

在那一幕途中，拍到了互相依偎著從建築物中走出來到小路上，然後彷彿在避人耳目似地走向鏡頭方向的棗——以及一名妙齡女子。

女性將帽子深蓋到眼睛而看不太清楚長相，然而從身影線條與走路姿勢判斷，應該不是一般的普通女性。

「這完全只是我的推測，不過她該不會是哪位女星吧？」

「夕夏她……什麼也沒錯。」

直接叫名字啊。不過更重要的是——

「你說夕夏，呃？該不會是柳井夕夏？」

我記得那是被評價為不久的將來絕對會爆紅的新生代演技派演員。

少年沒有多說什麼，只是點頭回應。

這實在讓我感到驚訝。因為他們兩人走出來的那棟建築物，是俗稱的愛情賓館。

「我跟你講清楚，我們什麼事都沒做喔。夕夏才不是會在這種重要的關鍵時期莽撞行動的笨蛋，而且我也……」

「知道了，你不用講太多。」

就算講給我聽，我也不知道該怎麼辦。

年齡差距，彼此在社會上的立場——

這些事情現在都不重要。我無意糾正，也沒有責備的念頭。

相愛的兩個人祕密約會，卻很不巧地偏偏被電影拍到那個模樣——事情就只是這樣。

「那一幕，我們當然也沒注意到自己被拍到。可是我們繼續往前走一段路，發現有攝影機，夕夏就立刻察覺了。那是電影的拍攝團隊，剛剛正在拍攝什麼場景，而且還把我們也包含其中。」

那樣敏銳的直覺也許該說不愧是職業演員吧。

「我當時有看到鳥保導演也在現場。後來打過好幾通電話到那個人的事務所，拜託鳥保導演把摩天輪的場景剪掉。但他始終沒有接受。」

「你跟他說因為自己跟年齡有些差距的情人私下幽會被拍到了？」

「那種事情，我怎麼可能對業界的人講啊。」

這麼說也對。

「當然導演也想知道你如此要求的理由，可是你又沒辦法把那關鍵的理由老實講出來，只能一味地提出剪片要求是吧？」

那樣對方怎麼可能會答應？

「他跟我說那是很重要的一幕，絕對不可以剪掉。」

「畢竟那似乎是導演很講究的場景之一，想必無法輕易接受你的要求吧。」

而且我記得那座摩天輪在拍完片後就被拆除，現在已經沒有了。所以如今也沒辦法再重拍。

「但是你還姑且不說，柳井夕夏小姐有戴帽子把臉遮住，應該不會被認出來吧？」

「就算這樣，你能保證絕對沒事嗎？你有辦法負起責任嗎？這部電影接下來要在全國上映，搞不好有一天會被誰發現。電影是會永遠留存下去的東西，對不對？」

「也是。」

我輕易就講輸對方了。

「要是發生那種事，夕夏將來的演員之路就完蛋了……她今後肯定會成為大明星演員。可是如果因為跟我之間的事情害她斷絕了這條路……所以我……」

「所以你想說乾脆讓這部電影本身變得無法公開上映？」

要是導演在試映會上遭人殺害，這次真的就會讓電影從此不見天日了嗎？

身為門外漢的我並不清楚業界的判斷基準或規矩，不過《女高中生偵探鵪鶉》在拍片過程中也已經發生過事件，算是一部帶有負面內幕的作品。而那樣的負面內幕如果又累積更多，這次搞不好真的會讓電影停止公開了。

「可是我這計畫也失敗了……我沒能保護自己喜歡的對象。」

少年有如面臨世界末日般垂下頭。那模樣看在我眼中感覺有點誇大，但又莫名觸動心弦。

「真是純愛呢。」

莉莉忒雅這時講出一句令人有點驚訝的感想。她從座位上稍微挺出上半身，感到讚佩似地對著棗點點頭。

「沒有辦法找人商量，也沒有人可以依靠。即便如此，你還是憑著想要保護情人的真切思念，做出了行動是吧。」

「嗚……嗯……是的。」

少年的態度莫名變得跟剛剛對我講話時完全不同了。我難以接受啊。

「莉莉忒雅……我說妳……」

「朔也大人。」

「我就說——」

「朔也。」

妳為什麼那樣一臉拚命啦？

「呃～……這麼說來，這部電影好像在拍攝過程中發生過什麼很嚴重的事件。聽說後來是電影公司在檯面下運作，硬是讓電影繼續拍攝下去，最後才好不容易完成的。」

我為什麼要講得這樣拐彎抹角啦？

「所以如果我現在去跟導演說，我可能一個不小心說漏嘴，把那件事公諸於世，他或許最起碼會答應我一項請求吧。例如說，把某一幕中偶然被拍進畫面的柳井夕夏的名字當成是友情客串，正式標記在片尾字幕名單中之類的。」

聽到我這麼說，莉莉忒雅的表情瞬間開心起來。

「說得也是！只要當成是正式出演，一切就會變成在演戲了。」

「嗯，雖然只有導演可能會察覺出什麼內幕，但這點上只要好好堵住他的嘴就沒問題了。畢竟那個人感覺不惜賭上性命也要讓這部電影順利上映的樣子，所以反過來想，也應該不會想要讓這種緋聞曝光導致作品遭人挑剔問題才對。」

「剩下只要把柳井夕夏的客串演出，當成是導演私下對演員和拍片人員們都保密之下偷偷安排的事情，就萬事解決了。等於是一種驚喜演出呢。」

莉莉忒雅把手臂交抱在胸前，「嗯嗯」地點頭。

「受不了，莉莉忒雅真是個女孩子啊。」

棗則是依然難以置信地看著我的臉。

「你意思是說要既往不咎嗎？真的假的？你會不會老好人過了頭啊？」

「你要懷疑的話，我現在也可以翻臉喔？」

「啊啊，騙你的騙你的！我、我相信你！呃……對不起，我毒殺了你。」

聽起來真是奇怪的道歉。

就在這時，燈光照亮影廳。

試映結束了。

□

緊接在電影試映之後，演員們開始上臺致詞。不過我和莉莉忒雅沒有留下來繼續看，而是來到影廳外面。

因為我們要偷偷把棗送走。他非常有禮貌地對我們深深鞠躬後，彷彿在趕什麼事情似地離開了緋紅劇院。或許他想快點去跟心愛的人見面，分享今天在這裡發生了什麼事吧。

等到我們都看不見棗的身影後，莉莉忒雅一臉得意地對我說道：

「朔也大人，你這次也撿回一命了呢。」

原來如此，就我的狀況來講，這句話要這樣用啊。

丟掉性命，又重新撿回來。真是個麻煩的體質。

「不管怎麼說，總之我們的推理讓事情沒有被鬧大，可說是兩人合算獨當一面的精采表現。**Let's end roll** 吧！」

「我不喜歡你那個很遜的臺詞系列。」

「對、對不起……」

「啊，這個表情我喜歡。」

喂，助手，妳的愛太扭曲了吧。

「不過朔也大人這次的完美表現真的有如安樂椅偵探呢。不，照這次的狀況來講，就評為劇場椅偵探吧。」

說得可真幽默。

「莉莉忒雅難得會這樣誇獎，我就坦率接受稱讚啦。那麼……」

「請問要再回去裡面嗎？」

現在這時間，應該是剛睡醒的百合羽慌慌張張地在臺上致詞的時候。

「說得也是。不過在那之前我想先買個東西，莉莉忒雅先回去吧。」

就這樣和莉莉式雅分頭後，我有如受花朵吸引的蜜蜂般走向販賣區。

因為剛才被她吊了胃口，害我現在嘴巴超想吃爆米花啊。

可是在販賣區前面已經排了另外一名女性。年齡看起來大概跟我差不多，或者比我小一些。如果把腳下那雙高跟鞋墊高的部分扣掉，是個相當嬌小的女孩子。

有著一頭醒目的美麗金髮，身上那件大紅色禮服，感覺比我今天看過的任何人穿的衣服都昂貴。而且不只是高級而已，那鮮豔的色彩，甚至讓緋紅劇院內的所有紅色都彷彿褪了色。

她是出席今天這場試映會的關係人嗎？但除非像我們這樣有什麼特殊理由，否則我不認為會有人在這種時候跑出來買東西才對。

「讓您久等了。」

「謝謝。」

那位女性從店員手中優雅地收下爆米花後，輕盈地旋轉一百八十度——

「呀啊啊！」

結果發現排在她後面的我，當場發出尖叫。而且被嚇到的同時還把爆米花撒了一地。

「呃……」

搞不清楚怎麼回事的我頓時僵在原地。而她似乎也跟我一樣，使得我們就這麼大眼瞪小眼了好幾秒鐘。

當然——雖然講當然好像很怪啦——最後是我先投降了。

「那個、總覺得好像對不起妳啊。」

「你呀！忽然出現在夏露背後是存何居心！這不是害夏露有、有一點被嚇到了嗎！」

剛才那樣叫有一點？

「呃不，我並沒有要嚇妳的意思。話說，只是在買東西的時候有人排在後面，有必要嚇成那樣嗎？雖然我是覺得好像對妳不太好意思啦。」

「這、這有什麼辦法嘛！夏露對那種驚嚇類的東西比較弱呀……」

「驚嚇類？像是嚇人箱之類的？或者像忽然從池塘中伸出手來的驚悚電影之類的？」

我隨便舉了幾個例子，結果她一副「正是如此！」地不斷點頭。她雖然全身散發的氛圍或舉止言行都感覺像個千金大小姐，但看來膽子上只是個小市民的樣子。

「就算妳這麼說，但這裡是電影院啊。應該能預想到隨時可能有別人從視野死角現身吧？如果是在自己家的浴室就另當別論了。」

「為什麼夏露必須戰戰兢兢地預想別人的行動才行？」

「呃，因為……」

「只要周圍的人，不，這個世界預想夏露的行動，注意別嚇到夏露不就好了？」

「……是啦。妳說得對。」

總覺得越講越麻煩的我決定隨便敷衍了。

「做為道歉，我賠償妳撒掉的爆米花吧。」

「咦？給夏露嗎？」

會這麼講基本上都是順著對話內容發展，我並不認為自己說了什麼奇怪的話。但她卻有如聽到什麼珍奇發言似地張大嘴巴愣住了。

「來，拿去。」

我把新買的爆米花遞給她，結果她意外老實地收下。

「……謝謝。」

「不客氣。」

就這樣瀟灑請客後，我準備再買自己吃的份——卻發現買完剛才的爆米花就讓我的錢不夠再買第二份了。

這麼說來，我今天身上只有帶六百元啊。

要不要把莉莉忒雅叫來，請她追加給我零用錢？不，在這位少女面前那樣做也太丟臉了。

就在我獨自苦惱的時候，有人從一旁拿出了一張顏色我完全沒見過的信用卡。

「好，做為回報，就讓夏露施捨你吧。這是特別待遇喔。吃焦糖口味就好了嗎？」

穿禮服的少女如此說著，又買一份爆米花請我了。我本來還猜想她是個脾氣尖銳的女孩，但其實意外地人還不錯嘛。

她接著坐到附近的沙發上，優雅地翹起大腿。稍遲一會後才注意到我還站著，便輕輕拍了兩下自己旁邊的位子。

「坐這邊。」

於是我照她所說，與她並肩坐下。兩個人就這樣「喀哧喀哧」地品嘗起各自的爆米花。

「嗯～就是這個味。我就是為了這間劇院的這個味道，才特地跑來的呀。」

「哦～？這裡的爆米花原來那麼出名啊？」

「你連這點都不曉得就來買的嗎？真是罪孽深重。」

我似乎在不知不覺間犯罪了。

「難道有在電視上介紹過之類的？」

「沒有，只是夏露喜歡而已。」

「呃……」

「不曉得夏露的喜好就是一種罪呀。」

她優雅地換翹起另一邊的大腿，並一顆一顆地捏起爆米花放進小小的嘴巴。

「就算妳這麼說，我今天才第一次跟妳見面，所以不知道妳的喜好應該是非常自然的事情吧？」

「吶，你那邊如何？」

「咦？妳說焦糖口味嗎？是不錯啦。」

「哦～……」

「……不介意的話，要不要吃吃看？」

被她那樣充滿好奇的眼神盯著，我也只能這麼說了。

「也不是不介意啦，但我就吃吃看。」

不知哪家來的人小姐用她美麗的指尖把我的爆米花一顆接一顆地搶走。

「妳很貪吃喔。」

「太失禮了吧，追月朔也。雖然要說我對吃的沒興趣也是騙人的啦。」

「咦？我有講過自己的名字嗎？」

她不回答我的問題，很有氣質地含了一下指頭後，對我淡淡微笑。那模樣看起來相當妖媚，讓人白點不知道眼睛該往哪兒看才好。

「呃……我也可以請教妳的芳名嗎？叫『夏露』就可以了？」

「是夏露蒂娜——夏露蒂娜・茵菲利賽斯。」

「哦？跟最初的七人（Seven Old Men）之一同樣的名字啊。」

「是呀，畢竟是本人嘛。」

「是這樣喔。」

「就是這樣。可是講最初的七人（Seven Old Men）什麼的，真是沒品味的稱呼呢。說到底，夏露們又不是一夥的呀。」

我沒有漏聽，也沒有聽錯。這樣充滿個性的自我介紹，我都有清楚聽見並理解內容了。在這前提下，我思考著這到底是開玩笑還是講認真的。

這女孩說自己就是最初的七人（Seven Old Men）。

最初的七人（Seven Old Men）２ｎｄ。夏露蒂娜・茵菲利賽斯。徒刑一千四百六十六年的極惡罪犯、越獄犯、大富豪怪盜（Celebrity）。

這下該怎麼行動才好？我不禁猶豫。

正因為猶豫，所以無法行動。

不知不覺間，從遠方傳來警笛聲。聽起來正逐漸接近這間劇院。

「夏露今天是為了吃這裡的爆米花，還有看看你的臉，才專程繞了半個地球跑來的喔。追月斷也連同客機與郵輪一起被葬送後，夏露想說他兒子現在是不是健健康康地享受著絕望的滋味呀。」

「……妳當時也在那艘船上嗎？」

對於這點，她沒有多做回答。但一般人不可能知道得這麼詳細。

我確定了。此刻坐在我旁邊的，毫無疑問就是夏露蒂娜・茵菲利賽斯本人。越獄後，來到日本的最初的七人之一（Seven Old Men）。

全身頓時有種寒毛直豎的感覺。

相對地，夏露蒂娜則是一點也沒留戀地從沙發站起來。

「這下滿足啦，夏露要走囉。夏露接下來還要去中東辦點事情呢。」

「中東？」

「有個國家好像內戰打得正火熱，所以夏露要去賣點武器。」

「妳是武器商人？」

「不，這只是一點小小的副業。等生意談妥後，我還考慮順道去一趟美國，買個火箭。」

「火箭……飛太空的？」

「飛太空的。」

「載人的？」

「載人的。雖然夏露已經有幾架了，但是想湊齊不同的顏色款式呀。」

「顏色款式。」

她該不會是把太空火箭當成是什麼運動鞋之類的吧？這已經不是金錢觀念瘋掉

或是砸錢不手軟的等級了。

「就是這樣，所以追月兒子……不，朔也。我們不久之後再見吧。」

夏露蒂娜用手背把長長的秀髮撩到肩膀後面，把我丟在原處，舉止優雅地離去。

「等等……」

快動。快追上去。最初的七人（Seven Old Men）就在眼前啊。對老爸的死——不對，下落不明之謎掌握線索的人物。

我就像在發動引擎似地不斷拍打自己的大腿，好不容易讓自己站了起來。

對，不能讓她就這麼逃走。只是吃吃爆米花，閒聊幾句就結束——這種事情不能發生。

我有如被絆到腳一樣蹣跚奔跑，追上夏露蒂娜，伸手抓住她的肩膀。

「妳等等！」

「噫呀啊啊！」

她當場發出尖叫，癱坐到地板上。

「啊，抱歉。」

又嚇到她了。真是個難搞的女孩子。

「夏、夏露就說！不要！忽然！做那種！事情呀！」

她那雙看起來好強的眼睛噙著淚對我大聲抗議，並且用裝爆米花的桶子捶打我的大腿，可是完全不痛。

怒氣衝天的她接著把手放到胸口，深呼吸後站起身子。

「……剛才有發生什麼事嗎？」

「發生的事情可多了。」

她想當作全部都沒發生過嗎？

「真是的……人家本來預定要瀟灑離去的說。」

見她搞笑到這地步，甚至連偶爾會穿插進來的大小姐語氣都莫名讓人覺得有趣起來了。但現在當然不是笑的時候，對方可是窮凶極惡的越獄犯。

「就是妳嗎？就是妳讓那架客機墜落，害許許多多的人……害我老爸……」

我準備打破砂鍋問到底的嘴巴忽然感到一股甜味，是夏露蒂娜用手捏起焦糖口味的爆米花塞進了我口中。

「剛才就說了，夏露很忙的。那件事等下次有機會再說吧，畢竟來送客的那群人似乎也剛好到齊了。」

她說著，往前走出一步。自動門平滑地往左右兩側打開。

不知不覺間，外面已經擠滿了好幾十臺、好幾百臺的警察車。

在夕陽完全沉落的黑夜街道上，大量的警燈照亮四周。

「放心吧，夏露才沒打算搭這種廉價的計程車。夏露要搭的是這個。」

在電影院正前方，停著一輛我從沒見過的加長型禮車。

駕駛座上坐著一名像鯊魚般凶暴的女性，後座車門前則是站著一名把短刀當髮飾，看起來冷酷無比的女人。那兩人都穿著一身黑西裝，一看就知道不是一般正常人。

短刀髮飾的女人畢恭畢敬地為主人打開車門。夏露蒂娜從那裡坐進禮車後，拉下車窗露出臉來。

她對著我招招手，因此我抱著警戒心走近，結果被她揪住了領帶。

「哇噗！」

我的頭隨著領帶一起被用力扯過去，她那張美麗的臉蛋就近在我眼前。

緊接著，夏露蒂娜朝著我的臉不知噴了什麼東西。

「朔也，剛才忘了跟你說——你那香水很糟糕喔。」

彷彿要覆蓋貼上似地噴在我臉上的，似乎是她自己的香水。

「還有，做為你請客的回禮，夏露給你一個忠告：你最好對女帝（Empress）小心一點。」

「女帝……？」

「哎呦，原來你還沒發現呀？這樣啊，看來那孩子還是老樣子，盡做些繞遠路的事情。夏露果然不喜歡她。」

夏露蒂娜露出好像在思索什麼的表情，不過她那雙手依然抱著裝爆米花的桶子。

「等等，妳到底在講什……」

「噓～很可惜，時間到了。」

「在這種狀況下，妳要怎麼離開？」

大門前的馬路已經被警車完全堵住。這樣別說是禮車了，連一輛機車穿過的縫隙都沒有，而且他們肯定也不會輕易放人吧。

然而夏露蒂娜卻表現得一副完全不成問題的樣子。

「你不曉得夏露的做事方式嗎？從私人機場到這裡的整條路，夏露都已經事先全部買下來了，凡是眼睛能看到的範圍全部都是夏露的私人道路喔。所以夏露想走就走，沒有人可以礙事。」

買下來？把道路嗎？

「Sorry，不好意思囉。」

空中這時忽然傳來轟響。

準備圍堵現場的警察們紛紛抬頭看向上空。

從大樓縫隙間赫然出現一道嚇人的影子，是攻擊直升機。

它毫無警告就讓機關炮彈有如豪雨般灑下來。是二十或三十毫米的那種恐怖玩意。

密集的警車當場一輛輛被打成蜂窩，有如尪仔標一樣彈跳、翻轉。

後照鏡和柏油路的碎片紛紛飛過來，劃破我的臉頰。

路上行人們都大聲尖叫、四處逃竄，警察們也都躲到建築物後面。

大約三十秒的時間，恣意蹂躪完現場後，直升機便朝遠方的天空離去。

街上有如騙人般頓時變得一片寂靜。

「要揍，與其用臂力不如用財力。不好意思夏露這麼有錢囉。」

馬路被徹底清掃乾淨，空出了一條路。

這就是大富豪怪盜（Celebrity）。

「God speed you. 朔也。」

載著夏露蒂娜的禮車從容不迫地從大量翻覆噴煙的車輛之間穿了出去。

「剛、剛才那是什麼聲音！難不成爆發戰爭了嗎！呃、這是什麼鬼！」

聽聞轟響的漫呂木衝到大門前，一見馬路上這片慘狀，當場彈起了將近一公尺高。

我則是茫然地呆站在原地。

因為被最初的七人（Seven Old Men）展現的超法規暴力嚇到腳軟了？感到絕望了？

不，都不是。我這是對於自己的焦糖口味爆米花被對方巧妙奪走的事情感到渾

©riichu

身虛脫而已。就只是這樣。

「喂！朔也！喂！到底發生什麼事！」

「那個大小姐……跑去買不同顏色款式的火箭啦。」

街角到處升起赤紅色的火舌，簡直有如夏露蒂娜留下的殘香。

「啥？你在講什麼……該死！總部！快回答！發生不得了的事情啦！一堆警車全都翻起肚子在燃燒啊！這是什麼行動？我可沒聽說！」

在對著手機大聲嚷嚷的漫呂木身邊，我只能默默感受著被覆蓋的香水氣味。

©riichu

Seven Old Men
最初的七人

Celebrity
大富豪怪盜

夏露蒂娜・茵菲利賽斯

徒刑 1466 年

大罪犯，曾經引發災害等級的重大事件。

後來遭名偵探——

追月斷也逮捕，現在應該收監於某國的監獄中。

但是……

事件三　九龍飯店的殺人魔

KILLED AGAIN, MR. DETECTIVE.

追月朔也

莉莉忒雅

灰峰百合羽

漫呂木薰太

九龍飯店平面圖

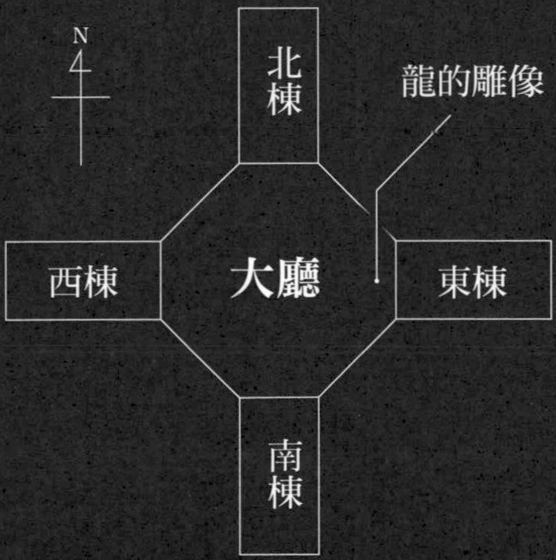

背叛之徒銜龍顎。
礙事之徒灼鳳焰。
貪求之徒沉水底。
不軌之徒落虎爪——

第一章 當然會害羞了

「北方……北方……」

磅礡大雨敲打著汙濁的窗玻璃。

「北方……北方是哪邊？莉莉忒雅，妳知不知道？」

「就是西方的旁邊。」

「不是那個意思啦。」

我們所在的這地方——小九龍是位於橫濱市海邊的一座小小的中華街，距離追月偵探社大約騎車二十分鐘左右。居民由二戰之前就定居在附近一帶的老一輩外國人及其子孫構成，社區向心力相當強大。

鎮上至今依然保留著沒有跟上現代開發潮流的古老景象，呈現一片令人難以相信這裡是日本的街景。

而九龍飯店就建在這樣一條街上的角落。

「請問你在意枕北而睡（註2）幹什麼呢？那是跟朔也大人無緣的迷信吧？」

抵達飯店房間放下行李後，我首先做的第一件事情就是調查方位。

「妳應該知道我在家也會避諱枕北而睡吧？我就是會在意啊。啊，是這邊！可是傷腦筋啦，這下只能移動床位了嗎？莉莉忒雅，過來幫我！」

「可是有種說法是風水學中認為枕北而睡反而比較吉利……不，比起那種事，請你先去沖個澡吧。」

「好大膽啊，莉莉忒雅。」

「人家不是那個意思好嗎！咳……朔也大人這樣會感冒的。」

確實，身體被雨淋得有點冷了。

「抱歉，我只是開個小玩笑。畢竟這段期間來都沒啥好事，所以我想說至少要在心情上開朗一點。」

我對莉莉忒雅如此說笑，結果她用力抓著裙子，露出些許難過的表情。

莉莉忒雅雖然平常總是酷酷的，凡事不為所動，但講到某些話題就會很明顯地把感情表現出來。或者應該說，她變得會把感情表現出來了比較正確。

註2　相傳釋迦圓寂之時為頭朝北、面向西的姿勢，因此日本一部分習俗中會將死者的頭朝向北方，相對地平常睡覺時則忌諱把頭朝北方睡。

小小的嘴脣緊閉著，看起來欲言又止的樣子。見到她那模樣，我忍不住感到抱歉，於是把手放到她纖細的肩膀上。

「妳別露出那種臉嘛。我沒事的。至少我還能講些無聊的玩笑話讓妳傷腦筋，然後會立志讓事務所捲土重來啊。」

「朔也大人……」

莉莉忒雅彷彿在體恤我般把自己的手疊在我手上。接著又立刻低下頭，逃離似地衝進浴室中。

她那個樣子，我還是第一次看到。

不過我自身這一個月來也讓她看過了很多第一次表現的模樣，所以算是扯平了吧。

連我自己都覺得那些表現實在很沒出息啊。

不死偵探——追月斷也死了。

我的老爸，也是追月偵探社的老闆，更是世界上屈指可數的最強偵探，死了——

一個月前發生的客機劫持與墜機事故，以及連鎖引發的艾麗女王號沉沒事件，成為了本世紀前所未有的重大事故，烙印在人們的記憶中。

犧牲人數至今依然不斷增加，電視新聞也依然持續在報導。

由於機體被大火燃燒，導致每一具遺體在辨識身分上都花了不少時間，讓失蹤者的家屬們每天過著焦急忐忑的日子。

就在一週前，從現場發現的某具焦屍被判定是老爸的遺體。

於是追月斷也的名字就這麼正式被列入事故犧牲者名單中。

與此同時，至今在事務所工作的其他偵探們都默默離去了。畢竟大家原本是聚集於追月斷也這個太陽之下，如今太陽沉落之後就會解散，這是很理所當然的事情。誰也無法責怪誰。

就這樣，追月偵探社變得一名偵探也沒有了。

剩下的只有還是個半吊子，稱不上偵探的我——追月朔也。

明明在這樣的狀況下——卻唯有莉莉忒雅始終沒有離開。到了隔天，再隔天，她都一如往常地陪在我身邊。

失去了老爸這根大支柱，本來一同經營事務所的前輩偵探們也離去後，我和莉莉忒雅——依然決定要頑強地活下去。

陷於絕望之中意志消沉的行為，過了三天我就不幹了。有一半是因為我已經對絕望感到厭煩，另一半則是因為希望並非渺茫到令人真正絕望的地步。

「妳認為那個老爸真的會為了這種程度的事情就死掉嗎？」

「莉莉忒雅絕不那麼認為。」

這就是我們的共通認知。

被發現的焦屍驗出的ＤＮＡ跟老爸相符？警方的正式見解？

誰管你啊。

正因為是親骨肉所以我知道，老爸才沒有死。

那才不是老爸的遺體。是被人掉包的假貨。

所以我沒有放棄。就算只是個半吊子，我也會繼續從事偵探的工作，那間事務所我也會守護下去。因為那就是家人的歸處。

「莉莉忒雅，我們——努力加油吧。」

我再一次下定決心，對浴室裡的助手如此說道。可是卻沒有回應。

「……莉莉忒雅？」

聽到的只有沖澡聲與哼歌的聲音。

「剛才的悲傷表情到哪去了？」

還有，原本不是說要讓我先洗的嗎？

享受完暖和的熱水澡後，莉莉忒雅用毛巾輕柔地裹著頭髮吸乾水分並說道：

「話說朔也大人，真虧你會知道這樣奇特的飯店呢。」

少女的纖細蠻腰，配上不符年紀而發育良好到出乎預料的豐滿胸部，被包覆在黑色的內衣底下。

她坐在床上，毫不吝嗇地展露那身姿態。從秀髮滴落的些許水珠，在柔軟而性感的大腿上流動。

「那是因為我認識這裡的員工，對方說就算臨時來住宿也能算我便宜。雖然我也是第一次來這裡住就是了。」

這麼講並不帶有任何一絲猥褻的感情在內，我要特別在此斷定：

那雙大腿真的非常棒。堪稱人間至寶。

肌膚的美豔度、柔軟度、少女般的彈性、形狀、成長度——

各種要素達至絕佳的理想平衡，使雷達圖呈現完美的五角形。

正因為是每次復活時都躺在那雙大腿上親身體驗的我，所以非常清楚那究竟有多棒。但我要再次鄭重聲明，這些終究只是在讚美那雙大腿當成枕頭時的價值而已。僅只如此。

我坐在同一個房間窗邊的椅子上，眺望著那樣的莉莉忒雅。不過莉莉忒雅並沒有責備我，而我也沒有露骨地把臉遮住或別開。

莉莉忒雅總是認定自己為我的助手，而如今我自身也是這麼認為。換言之，我們之間並不是需要感到害臊的關係。

「我聽說這棟建築物有八十年以上的歷史喔，可是卻都不會被刊登在旅行社的宣傳簡介上。」

據說從前這地方聚集很多幹過不可告人之事的人們，當時就住宿於這間飯店。或許也是因為這樣，基本上觀光客不會選擇投宿這裡。

「這裡的確別有風情呢。像剛才沖澡的時候水量會忽大忽小，從窗戶縫隙間也會漏進些許雨滴。」

「……我等下再去跟認識的員工講一聲。」

正在換衣服的莉莉忒雅將氣質洋溢的秀髮綁成麻花辮，那是只有在剛洗完澡的短期間內才能看到的髮型。

「但是除了這裡以外能夠便宜住宿的地方全都沒有空房啊。就今明兩天，忍耐一下吧。」

「這段期間來都沒什麼好事——朔也大人剛才說得對，誰也沒想到事務所竟然會漏水。」

「對啊，加上在這場大雨中又漏雨，真的禍不單行。明明才高舉拳頭振奮自己今後要努力讓事務所捲土重來的，結果從天花板就滴水下來……」

請人來檢查之後，據說是樓上水管破裂的樣子。大概房子太老了吧。

而且受災狀況相當嚴重，除了家具與文件書籍之外還有多處遭殃，結果無論事務所或我的自家都變成實在難以住人的狀態了。

當然我立刻就委託修理，但對方卻表示到明天之前都沒辦法修好的樣子。

就這樣失去住處的我，只好用剛考到駕照的機車載著莉莉忒雅，在越下越大的豪雨中淋成落湯雞，逃進了這間九龍飯店。

現在時刻下午兩點，小九龍的天空一片陰暗。

「話說，莉莉忒雅……」

「是。」

「我從以前就想說了，妳的大腿真的很柔軟啊。」

「……你忽然在講什麼？」

「妳想想看，每次我死掉又復活的時候，妳都會用膝枕迎接我醒來不是嗎？那種時候我總會有這樣的感覺，但仔細想想我好像都沒對這件事道過謝。一直以來真的謝謝妳。謝謝妳提供的柔軟。嗯，哈哈！這樣當著面道謝感覺真難為情啊！」

這是我從剛才眺望著莉莉忒雅的大腿，結果自然而然湧上心頭的感謝話語。可是莉莉忒雅卻霎時露出『精心栽種出來的窗邊花朵，到了隔天早上竟被掉包為大叔的三角褲』似的表情。

「史上最噁心呢。」

「什麼！」

在所有類型的噁心之中最噁心嗎？

「在莫名其妙的時機稱讚這種莫名其妙的事情，一點都不會讓人開心呀。那麼朔也大人，既然都提到這點，我也要跟你講一件事……」

「嗯？」

「為什麼你會從頭到尾一直看著我換衣服？」

「呵呵，我們之間的關係到如今也沒什麼好害羞的了吧？」

「當然會害羞了。被你用那麼認真的表情托著腮、翹著腿欣賞人家換衣服……」

仔細一看，她確實害臊地紅著臉。莉莉忒雅也是個普通的女孩子啊。

「抱、抱歉！」

我趕緊把臉別開，看向窗外。

「好笨的人。」

莉莉忒雅用她那句辛辣的招牌臺詞對我罵了一聲。可是她映在窗戶上的臉卻浮現著慈愛的微笑。

究竟她只是在捉弄我？還是真的在生氣？我實在難以判斷。

輪流沖完澡變得全身舒暢後，我們兩人決定在飯店裡到處逛一逛。

一走出房間首先可以看到紅色的地毯與老舊的壁紙，整體樣式或許可以形容為中國式的歌德風吧。

沿著走廊繼續走就會來到一處挑高大廳。大廳呈現八角形，每一層樓都有同樣是八角形的迴廊，形成一個直達九樓的八角柱空間。

「這間挑高大廳看來就是飯店的中心部分了。」

從大廳有四條走廊通往四方，各自牆上清楚標明著東西南北的大形文字。每個樓層的構造都一樣，走廊分別接到東西南北四棟建築物，而飯店客房就沿著走廊排列。

連接上下層的樓梯只有設在東西兩處，而且由於相當老舊，兩人以上的重量壓上去就會軋軋作響。

「雖然在北側設有一臺電梯，但由於零件老化的關係，聽說現在不能使用的樣子。」

「最上層是九樓對不對？那麼住在那裡的客人只能爬樓梯上下樓了呀。」

「是啊，感覺應該會是很好的運動。」

我們從四樓的欄杆俯瞰一樓大廳，從正上方看到了一尊很有魄力的巨龍雕像。設計上充滿中國大陸風格，長長的身體蜿蜒曲折。

龍的雕像設置於大廳的東側。順道一提，在一樓西棟的走廊深處還有一隻很大的老虎剝製標本，真不曉得是從哪裡買來的。

奇特的不只是這些擺飾，在走廊各處的牆上還掛有其他各種動物的頭部剝製標本、古老的柳葉刀、鉤爪等武器與暗器。

莉莉忒雅看到那些東西，小聲咕噥了一句：「低級嗜好……」

這些室內裝飾似乎不合她的審美觀，明明她自己總是會在裙子縫隙底下暗藏小刀地說。

不過我也能理解她這個心情。

「的確，這裡的氣氛感覺就是會發生什麼事情啊。」

「例如什麼事？」

「像是發生什麼意外狀況害人被封鎖在飯店裡啦，跟外界的聯絡方式也被斷絕之類的。」

「像上次搭郵輪那樣的孤島模式嗎？」

「對，就是那個。然後不曉得為什麼，剛好有個殺人魔躲藏在飯店中……啊啊，對，反正一定是這樣。這次絕對又是我第一個被殺人魔盯上，用什麼劃時代的新手法殺掉——」

「朔也大人，你的壞毛病又犯了。」

被莉莉忒雅正言厲色地一訓，我立刻停止最糟糕的預想。看來我不好的毛病又發作了。

「哪有偵探會對根本沒發生的事件嚇得發抖呀。請你振作一點。」

「抱歉抱歉，我不小心就想像起來了。總之如妳所見，這地方形容得再好聽也稱不上是什麼豪華的飯店，但就拜託妳稍微忍耐一下吧。」

「畢竟現在事務所能夠賺錢的人只剩下朔也大人一位，沒有本錢奢侈了。」

「不好意思要害妳吃苦啦。但是事務所關門的這段期間又無法承接委託，施工費用也不可小看啊……」

由於我目前沒有原本已經承接的委託，因此到事務所恢復原狀之前的這幾天完全是歇業狀態，也就是收入掛零。越講越想哭啦。

正當我如此哀嘆的時候，莉莉忒雅忽然把身體探出欄杆，似乎在看樓下的狀況。

「怎麼啦？」

個頭嬌小的她連腳尖都有點離開地板，真令人捏把冷汗，擔心她會不會掉下去啊。

「大廳好像有點騷動。」

聽她這麼一說，我發現那裡的確莫名出現了很多人。十位，不，二十位。是不是突然來了一批團體住宿客之類的？

© riichu

大廳地板上鋪有古老的瓷磚，排列成幾何圖案的紋路，而一群人就在那上面忙碌穿梭。

我們彷彿被那群人吸引似地走下樓，這才搞清楚他們的身分。

當中有人表情認真地檢查著攝影機的鏡頭，有人一臉沒睡飽似地拿著飲料東奔西跑，有人用壯碩的手臂搬運著照明設備。看來他們是所謂的攝影團隊。

「這是在拍什麼片嗎？」

我讓莉莉忒雅留在樓梯旁，自己走向櫃檯，如此詢問坐在櫃檯裡的一名少女。

對方身上穿著這附近某間中學的水手服制服，實在不是飯店櫃檯人員該有的打扮。

她的名字叫入谷雨瀧，是在這間飯店打工的員工。

雨瀧托著腮，一臉倦怠地望著大廳的樣子。雖然以一名飯店員工來說這態度實在很誇張，但據她本人表示這裡的老闆似乎很疼她，所以都沒有被炒魷魚。

「對，聽說是電影喔，拍電影。」

雨瀧如此回答我

「哦？老闆許可的嗎？」

結果她搖搖頭否定我的話，烏溜溜的長髮跟著左右搖盪。

「是我說服的。因為對方出的價碼不錯呀。」

真會精打細算。

「要是不幹些這種事，我們這裡的經費根本入不敷出呀。」

雨瀧雖然外表不管怎麼看都是個中學生，但有時候卻會表現得莫名成熟。

我和她之間並不陌生。或者應該說，這次讓我們可以臨時以便宜價格投宿這裡的就是這個人。

雨瀧是這裡的老闆趙老翁的遠親，住在飯店一樓的房間。平常都是從這裡去學校上學，並且在這裡打工。據說她是由於某些因素離開父母身邊，跑到這裡投靠趙老翁的。

而我和她則是以前在某件委託中認識，後來也有繼續保持交流。

「拍什麼電影？」

「聽說是動作懸疑大作。」

「那是啥片啊？演員是誰？假如是名人，我就去要個簽名好了！」

「誰曉得？是個我沒聽過的女演員。看，就是那女孩。」

就在我聽她這麼說而把頭轉過去的瞬間，從那方向傳來了很熟悉的聲音：

「師父～！」

大大張開雙手朝這裡跑過來的，正是灰峰百合羽。

「咦！百合羽主演嗎？意思說妳以前提過那部第一次主演的電影，就是在這裡拍攝嗎！」

「就是這樣！」

如此回答的百合羽身旁還可以看到莉莉忒雅，手臂被百合羽牢牢抓著，臉上露出有點放棄掙扎的表情。看來她比我先被百合羽找到並抓住了。

「女高中生偵探鵺鶏！呃～可是為什麼師父會在這裡？咦？咦？難道是來為人家加油打氣的嗎～？」

「沒有啦，只是偶然。其實──」

我把會跑來這裡投宿的原因簡單說明了一下。

「那真是辛苦了！莉莉忒雅小姐也是！不過也多虧這樣，讓我們又見面囉～」

相對於由衷感到開心的百合羽，莉莉忒雅則是帶著有點傷腦筋又有點害臊的表情。她肯定很不習慣這樣的氣氛吧。

話說百合羽的笑臉也未免太天真無邪了，彷彿都能看到她背後有根用力左右擺盪的尾巴呢。她那樣直率地與莉莉忒雅親密互動的模樣，活像隻小狗在逗弄怕生的貓咪。

「真沒想到可以在這地方相見呢！哇～好開心！」

不過她未免也興奮過頭了，感覺有點奇怪。

「太誇張了吧。一個禮拜前不是才在事務所見過面嗎？」

上次那椿悽慘的客機墜落及艾麗女王號沉沒事件，百合羽也有被捲入其中。聽說是在郵輪即將沉沒的時候被莉莉忒雅拉著手，搭上了逃生艇才驚險脫困的。
她雖然現在表現得很開朗，但那天地獄般的景象應該也深深烙印在她心中才對。
然而百合羽在那起事故之後還特地去調查追月偵探社的地址，跑來看看我們的狀況。明明身為演員要工作要排練，還有學校課業要顧，她卻總會找時間過來探望。
那時候為了救出老爸而魯莽衝入火場又很沒出息地被大火吞沒的我，到後來才聽說是眼前這兩位少女拉著我，才搭上了同一艘逃生艇的。
唉，真是一對能幹的助手與徒弟啊。給我實在太浪費了。
「話說師父，你聽我說呀……我們這部電影是今天正式開拍，但周圍都是我不認識的人，讓我一直好緊張……而且……」
「哦？是百合羽的朋友嗎？」
這時從攝影團隊中走來一名男性。
他顏值高得令人火大，身材又很高䠷。我才想說好像在哪裡見過，原來是演員丸越玲一。我在洗衣精廣告上看過他。
「請多指教囉。我是這次跟百合羽同臺演出的丸越，ciao！」
Ciao！沒想到現在還能聽到有人用 ciao 打招呼。不愧是演藝人員。

他接著用爽朗無比的態度向我握手。

「也就是說這次的片子是我和百合羽的雙主打演員呢。」

「啊哈哈……我會努力讓自己成為主打的。不過話說回來，這次實際到現場後，我徹底被這裡的氣氛給吞沒了呀。」

百合羽則是完全像個新人一樣，表現得畏畏縮縮。

「的確，這間飯店好厲害啊，有種靠舞臺布景絕對呈現不出來的魄力。導演說，這個獨特的拍片場地非常適合作品印象的樣子。」

「丸越，關於臺詞的部分可以跟你講一下嗎？」

就在這時，一位戴著墨鏡的男子走過來，毫不拘泥地把手放到丸越肩膀上。

「瞧，說人人就到。這位就是導演鳥保日一先生。」

「我是鳥保。你是……」

被丸越介紹的鳥保導演一看到我，就把墨鏡挪開，對我仔細觀察。從他的眼睛周圍看起來，感覺比原本想的還要年輕，應該才三十多歲吧。

從鳥保身上還能**聞到一股獨特的香水味**。

「難道是百合羽的男朋友……應該不是吧。」

他的語氣聽起來就像在說絕對不希望是如此的樣子。的確啦，在新人女演員如此重要的關鍵時期要是蹦出一個男朋友，相關人員們應該都會很傷腦筋吧。

「我叫追月朔也。我跟百合……跟灰峰小姐是因為一些緣分認識的……」

「這樣啊。那麼麻煩你現在立刻到小道具組那裡去吧。」

「啥？」

「你去了就知道。他們應該會好好教你，所以不用緊張——」

「呃，我只是飯店的房客喔？」

「嗯？啊，是喔？我還以為是對電影世界懷抱憧憬而帶著野心來闖蕩的年輕小夥子。想要靠著跟百合羽認識的管道入行。」

「很可惜並不是那樣。我今天只是偶然……」

「導演，師父他是個偵探先生喔。」

這時，百合羽忽然很有幹勁地介紹起我的事情，甚至還補充一句「然後我是他的徒弟」。

「偵探？」

「是的，很優秀的偵探先生喔。」

「嗯……？聽妳這麼說，『追月』這個姓氏我好像聽過。印象中是個世界知名的偵探吧？」

「沒錯！師父就是那位追月斷也先生的公子！所以說導演！這次絕對絕對要拜託他比較好！」

「拜託？百合羽妳在講什麼——」

「追月的兒子！為什麼你會在這裡！」

這時又出現另一名男子插入我們的對話。

「這聲音……果然，這不是漫呂木先生嗎？為什麼你會在這裡？」

「我才要問你！受不了，你真的不管到哪裡都會冒出來！」

是老面孔的不得志刑警——漫呂木薰太。他撥開攝影工作人員們，邁大步伐朝這裡走來。

「你總不會是嗅到事件的味道跑來的吧？」

不知不覺間，這裡聚集了越來越多人。

「但是很抱歉，這次可沒讓你上場的份了。這裡有我好好地……」

「事件——嗎？」

把漫呂木氣勢逼人的發言從途中一聲打斷的，是莉莉忒雅。

「請問你剛才說『事件』是嗎？」

「呃不……那是……」

「也沒有到事件的程度啦。」

鳥保代替漫呂木這麼回答。

「其實是我的事務所前幾天收到一封惡作劇信件。所以為了保險起見，我們稍微提高警覺而已。僅只如此。」

「惡作劇信件？」

「哎呀，有點像所謂的恐嚇信啦——」

他這時稍微壓低了聲量。

「恐嚇信……嗎？」

「就是這個。」

鳥保說著，從胸前口袋拿出一張折成一半的紙條。於是我拿過來打開一看。

上面用無法判別筆跡的潦草文字寫著：

『本人將在九龍飯店輪流啃食目標　把膠卷轉下去

狗頭門僮』

「在九龍飯店……輪流啃食目標？也就是說——」

「對，或許是知道我們會在這間飯店拍片的什麼人，企圖在拍攝過程中妨礙我們吧。」

「不過用『啃』這種講法還真恐怖呢。」

狗頭。狗頭門僮。所以用『啃』嗎？但我不明白這句話究竟想表達什麼。

──但願不是『啃死』的意思。

「狗頭門僮──請問是什麼角色嗎？」

「誰曉得？我是沒聽過啦。八成是想模仿什麼古老推理小說裡常見的怪人，隨便自稱的名字吧。」

「不只是名字，這個『把膠卷轉下去』的講法也很奇特呢。」

莉莉忒雅稍微踮起腳，探頭看我拿在手上的恐嚇信。

「像這種時候應該會講『停下膠卷』之類要妨礙拍片的話語才對。真搞不清楚這個叫狗頭門僮的人究竟是不是想妨礙電影拍攝呀。」

她說得沒錯。

「狗頭門僮……？你們剛才這麼說嗎？」

就在這時，一旁傳來沙啞的聲音打斷我們的對話。

「你是……」

講話的是一名目光銳利的老人，把長長的白髮綁在背後。

「這位是飯店的老闆趙先生。」漫呂木如此介紹。

「呃不……那個、沒什麼事啦。這只是一點惡作劇……」

鳥保試圖把話題含糊帶過去，卻被趙老翁打斷：

「……老夫是不曉得你們從哪兒聽來的，但不准在咱們這裡講出那個名字。若辦不到，拍電影的事情就當沒談過。」

他語氣低沉地這麼警告後，轉身離開。留在現場的我們只能面面相覷。

「是不是講錯什麼話啦……？」

「或許只是不希望我們在飯店裡引起不必要的騷動吧？」

「可是如果惹老闆生氣了，就沒辦法拍片啦。傷腦筋。」

「沒事啦，導演。那種幼稚的恐嚇就別管它了，我們只管拍片就好，對吧？」

見到鳥保吐露不安的樣子，丸越故作不在乎地如此激勵他。

我則是偷偷瞄向一旁的百合羽，卻發現她也在注視著我。

「師父……」

大眼睛微微搖盪著目光。

她大概原本就聽說了這封恐嚇信的事情，內心感到很不安吧。

剛才跟我們巧遇時，她會開心到讓我覺得態度誇張，或許就是因為這樣。

「我個人覺得這應該只是惡作劇，所以笑笑沒理它啦。但那些愛操心的工作人員卻跑去報警，結果——」

「漫呂木先生就到這裡來了？」

「正是如此。」

漫呂木不知為何一臉得意地雙手抱胸。

「警察給人的印象總是像這種時候都不會行動的說。漫呂木先生該不會是為了見到藝人，舉手自願硬是跟來的……」

「怎麼可能有那種事！怎麼可能……」

看來有這個可能呢。

「導演，師父以前也解決過很重大的事件喔。所以——」

「所以妳要我也委託他嗎？沒必要把事情搞得那麼嚴重啦。反正已經有這位刑警先生跟著了。」

「正是如此！請放心交給我漫呂木吧！就是這樣，這次可沒偵探出場的份。」

「誰都沒說過想要出場啊。」

聽到我這麼回應，漫呂木頓時「輸了還嘴硬」地笑著誇耀自己的勝利。

但事實上我這句話真的不是什麼嘴硬啊。

就在這時——我的袖子被用力扯了一下。

「朔也大人……朔也。」

是莉莉忒雅。她用極度不滿的表情抬頭看著我。

「請問你為什麼要那麼輕易就讓步？難得有工作從天上掉下來的說。」

「不、可是……妳不覺得有點恐怖嗎？」

我對莉莉忒雅的咬ㄦ朵同樣用咬耳朵回應。

「你在講什麼沒出息的話。」

「是恐嚇信喔？說要啃死人喔？狗頭喔？萬一這不是什麼惡作劇而是真的恐嚇信，絕對很危險啊。要是貿然插手管事，搞不好不只是手而已，連腦袋都會保不住啦。」

啊啊，光想像起來就覺得討厭。好恐怖。

「套句春秋公羊傳的話——偵探不近死與險地啊。」

「你又那樣畏畏縮縮的……這樣下去不管過了多久，追月偵探社都沒辦法捲土重來呀。而且『君子不近險地』這句話的正確出處並不是春秋公羊傳喔。」

「嗚……」

怎麼這樣盡戳我的痛處啦。

但恐怖的事情就是恐怖。一想到自己如果多管閒事結果又被殺掉，胃液都倒灌上來了。

這不是『反正會復活，有什麼關係？』的問題。反而應該說正因為又會復活，所以我害怕死亡。

由於死亡的恐懼與痛苦是一輩子只會有一次的體驗，所以人們才能夠勉強忍受。如果強制讓你復活，叫你再體驗一次，不，再體驗好幾次那樣的感受呢？誰都不想要吧？我也不想要啊。

我說明了這番道理後，莉莉忒雅卻嘆一口氣。

「說到底，恐嚇信的內容裡究竟會不會死完全是朔也大人的想像，不，是硬拗的妄想吧？雖然你講得好像已經是確定下來的事實一樣。」

「嗚……」

這點也好痛。

「到頭來就只像個不謹慎地自己嚇自己，藉故偷懶不想工作的偵探呀。」

拜託你振作一點行不行——莉莉忒雅自言自語地把臉別開。

啊啊，惹她生氣了。

正當我感到著急的時候，百合羽彷彿再也忍不下去似地突然舉手：

「要不然由我來僱用吧！」

包含我在內的所有人都把目光集中過去。

百合羽接著大聲宣告：

「我僱用師父！」

「妳嗎！」

我、漫呂木與烏保異口同聲地驚叫。

「畢竟還是會覺得擔心不是嗎？而且導演你也說過吧？這次的作品無論如何都要讓它成功才行。」

「是這樣……沒錯啦。」

「萬一發生了什麼意外，電影就無法上映囉？」

「那樣……我會傷腦筋啊。」

「人家也不想那樣呀。」

「嗯……如果是百合羽個人想僱用偵探，我也沒有強硬制止的意思啦……」

「謝謝導演！太好囉，師父！有工作了呢！」

「呃，那個……」

我一時之間沒辦法坦率向她道謝。心情極為複雜。

可是眼前卻有兩對美麗的眼眸直盯著那樣心境複雜的我。

是莉莉忒雅和百合羽。

我們就這樣互盯好一段時間。

「唉……既然都講到這樣，好啦，我知道了！」

到頭來，這場大眼瞪小眼是我輸了。

「我接受委託！在這間飯店拍片的過程中，我會照自己的方式行動，試著揪出那個叫狗頭門僮的傢伙的底細。這樣總行了吧？」

莉莉忒雅和百合羽兩人的表情頓時變得開心起來。

啊啊，我居然真的接下委託了——正當我如此懊惱的時候，百合羽接下來的發言又讓我更加頭痛了。

「好！那麼人家當然也會幫忙了！」

「咦？難不成妳又打算參與調查嗎？」

「那當然！我可是師父的徒弟呀。」

「但那只是為了塑造角色的觀摩學習而已吧？」

「沒錯，可是那個塑造角色的目的就是為了這部電影呀。要是我現在逃走，就等於前功盡棄了。」

「是……是這樣嗎？」

總覺得莫名有種被巧言矇騙的感覺，但聽起來又好像很有說服力。

「請問……不行嗎？人家希望能夠幫上忙呀。」

百合羽帶著哀求似的表情，「師父～」地伸直背脊把臉靠近我。

「我知道了！我知道了啦！」

周圍人的目光刺得我好痛，害我忍不住點頭同意。

我接著便聽見莉莉忒雅在一旁輕輕嘆了一口氣。

「朔也大人願意承接委託，莉莉忒雅感到非常高興。」

「嗯……雖然說，我有點不太情願就是了。但總之這下事務所的修理費用有著落啦。」

「真傻眼。請問你真的打算跟自己的徒弟百合羽大人敲詐委託費嗎？」

「嗚……不行嗎？這樣做果然讓人看不起嗎？」

「而且你這次又讓百合羽大人也牽連進來了。」

「嗚嗚……」

好痛。我的痛處也太多了。

就在我被正論拳打得痛苦呻吟的同時，電影開拍了。

首先拍攝的第一個場景，是百合羽扮演的女高中生偵探鵪鶉走進飯店大廳的橋段。

本來我是很想好好欣賞百合羽做為一名演員的實力啦，但拍片過程中我必須隨時警戒周圍狀況才行。

我們為了找一個方便觀察整體拍片現場的位置，走上樓梯。

雖然是有點被百合羽半強迫下承接的委託，不過既然已經接下委託，繼續發牢騷也沒有意義。該做的事情就要好好做。

「你好。」

走上二樓的途中有位青年站在樓梯中段，於是我打了聲招呼。他正認真地注視著準備開始拍片的現場。

「請問你也是電影拍攝的關係人嗎？」

我趁著打招呼順便如此詢問後，青年便露出親切的笑容。年齡看起來應該二十五、六歲左右吧。

仔細一看，他還拿著一臺小型的掌上型攝影機，拍著現場的狀況。

「沒錯，我是替身演員。所以要拍動作場景之前，導演叫我乖乖待到一旁去。」

我本來以為他是負責記錄現場狀況的工作人員，沒想到是如此意外的人物。

「替身演員啊，感覺很帥氣呢。啊，我叫追月朔也。」

「朔也是嗎？多指教。」

從平凡無奇的感想接到自我介紹後，我向他說明了自己做為偵探這次要陪同拍片團隊的事情。

「是偵探先生啊。剛才你們在樓下跟百合羽小姐討論的就是這件事嗎？」

「啊，原來你看到了。嗯，就是那樣。」

「呃～難道發生了什麼事件嗎？」

「沒有沒有。只是這地區講得再怎麼好聽也稱不上是治安良好的地方，所以我只是有點像個預防問題發生用的保鏢啦。」

「請問你們之間是什麼朋友之類的嗎？」

「咦？哦哦，我跟她是以前因緣際會下有點認識的而已。」

關於恐嚇信的事情，我暫時沒有講出來。畢竟我不清楚其他工作人員到底被告知到什麼程度。貿然把這件事傳播出去煽動不安也沒有意義。

「啊，我忘了自我介紹！我叫白鷺翔。」

「替身演員竟然有個像主演明星一樣帥氣的名字！」

「朔也大人，太失禮了。」

「沒關係的。畢竟我完全不如自己的名字啊。哈哈哈，請叫我阿翔就可以了。」

那居然不是藝名而是他的本名，更讓我感到驚訝。

「話說阿翔，你剛才好像很認真地在觀察拍片現場，手上還拿個攝影機。」

既然是替身演員，輪到自己上場之前應該大可以閒在一旁好好休息的說。這難道只是外行人的想法嗎？

「我是在導演的許可下個人進行現場狀況的拍攝記錄，當作是一種學習。其實我本來的志願是當正式演員，但因為我只有體力特別好，結果不知不覺間就被分配到替身演員的戲分啦。哈哈哈。」

他說自己是在觀察拍片現場的每個角落，希望從中學習關於攝影的技巧。

當我稱讚他的精神值得敬佩後，他卻態度一轉變得害臊起來。

「雖然我現在只能幹這種勞力活，不過總有一天我要當上導演。管他夢想有多遙遠，我都會實現給你看。啊，要不要簽名？」

「呃？你的嗎？」

「當然！為了將來成名時做準備，必須先想好自己獨創的簽名！這是夢想追逐家的基本！」

「有這種基本啊。但我認為好像想得有點太早了。」

對於語氣興奮的翔，我盡可能保持冷靜地如此回應。

「不過朔也大人好像也有在練習自己的簽名吧？」

看來我等一下必須好好教育莉莉忒雅，即便是別無他意或惡意的發言，有時候也會讓脆弱的我受到傷害的。尤其當發言內容是事實的時候。

「明明說好那件事情要對別人保密的！莉莉忒雅總是一下子就講出來！」

我的自尊心深深受傷了。

言歸正傳，翔這時把熱情緊握的拳頭鬆開，垂下眉梢。

「可是……鳥保導演到現在還是一點都沒有認同我的實力……」

「是這樣啊。那個人看起來應該很和善的說，難道其實個性非常嚴格？」

「導演平常是很溫和的人啦，不過只要跟電影有關的事情上就會嚴厲得跟鬼一樣。而且這次的作品，他好像特別重視的樣子。」

「特別重視、嗎？」

「啊～……呃，這件事希望你們可以保密喔。」

翔稍微窺探一下周圍後，小聲說道：

「導演在十年前的出道作時一下子就獲得了很大的獎項，讓他以前在業界被人稱作是天才。可是這幾年來的作品卻都不賣座。所以他無論如何都希望能夠在這次東山再起，而非常投入其中。」

「絕對要讓作品成功，因此不想讓任何人來妨礙拍片是嗎？」

「嗯，大概就那種感覺吧。」

所以他會允許明明才剛認識的外人偵探（我）在旁觀摩拍片啊。

「哎呀，總之就是這樣……」

「小翔，在動你的大嘴巴跟外人洩漏內幕之前，何不去動動你的手腳呢～？」

正當我們交談到一半時，忽然從樓下傳來黏嗲嗲的聲音。

翔一聽見那聲音，就很露骨地聳聳肩膀。

講話的人物接著讓手指用裝模作樣的動作沿著扶手爬動，緩緩走上樓梯。

「既然還沒輪到出場的戲分，就該去幫忙做些雜務呀。畢竟你就只有體力可取而已，對不對～？」

「那、那個……對不起……」

現身在我們面前的，是個用整髮劑把頭髮梳得服服貼貼，年約四十歲的男性。

他黏膩的視線接著轉過來看向我。

「這位小男孩應該是初次見面吧？你好～我是灰峰百合羽的 manager——Empress 藝能的名籤淳五。」

「原來是百合羽的經紀人先生啊。」

說到 Empress 藝能，是最近忽然崛起而時有耳聞的藝能娛樂事務所。

「對，是 manager。」

名籤講話的腔調相當獨特。或者應該說，他整體的言行舉止都非常有個性。

「呃，名籤先生，朔也他好像是一位偵探——」

「我剛剛已經在樓下聽百合羽說過了。是百合羽擅自僱用的對不對？真教人傷腦筋呢～好啦，小翔，去工作去工作。」

「啊、是！」

彷彿要逃離名籤那對黏膩的視線般，翔趕緊轉身離開。

名籤用一臉得意的笑容目送著翔，嘴上還說著「真是可愛～」這種話。我莫名有種感覺，阿翔你要小心保護自己啊。

「然後呢？這位偵探先生馬上就開始四處挖掘消息了是吧？為了那封恐嚇信的事情對不對？」

看來這男人知情的樣子。

「也沒有到挖掘消息的程度啦。」

「這樣，既然百合羽已經僱用了那也沒辦法，但拜託你不要過度擾亂拍片現場喔。畢竟這部作品可是我們家百合羽華麗的登臺出道作呀。」

「那當然。我也希望百合羽能夠加油——」

「從剛才我就很介意了，你一直叫她『百合羽、百合羽』的，未免太親近了吧～有緋聞的味道的呀～所以說，禁止你再那樣叫她喔～」

「哦……」

「朔也同學，我不管你是她的朋友還是什麼，但請你以後不要隨隨便便接近百合羽。那孩子今後絕對會走紅，會成為一棵搖錢樹，所以可能導致那價值被貶低的行為都是ＮＧ的喔，要索取違約金喔。」

名籤用指尖輕撫我的下巴。真想拜託他不要這樣。

就在這時，他不經意看到默默站在我旁邊的莉莉忒雅，小聲「哎呦」了一下。

「哎呦，妳……很不錯喔。很棒。氣質充分，透明感也充分，只要再表現得親切一點，絕對會紅。這是我的聯絡方式，如果妳有興趣就給我一通電話，或許會成為大明星喔。」

自顧自地把話講完後，名籤經紀人又裝模作樣地走下樓梯去了。我確認他離開，再悄悄把視線轉向莉莉忒雅。

她手中拿著名籤的名片。

「剛才那是挖角？太厲害了。莉莉忒雅對於當演員有興趣——」

「完全沒有。」

「但妳在事務所不是常常看電影或電視劇的——」

「我沒有興趣。在別人面前演戲，或是明明不有趣卻要裝笑什麼的，我辦不到。」

「是、是喔？」

「我打從骨子裡就是偵探——朔也大人的助手。」

講這話可真教人高興啊。

第二章　不可以拉人家的裙子

攝影場景從大廳開始，到飯店客房、鍋爐室、上層走廊等等，轉移了好幾個地點。

不同於多半是個人行動的偵探業，電影的拍攝現場從頭到尾都是集體行動，而站在那個集體中心的人物就是百合羽。她飾演的鶺鴒是一位個性剛強的女高中生，同時也是個每次總會被捲入離奇事件的素人偵探。

「那句話，我要綁上蝴蝶結原封不動地奉還給你！」

這在原作中似乎也是一句經典臺詞。從認識以來百合羽就不時掛在嘴上的這句話，出處便是來自這作品。

我雖然對演技沒什麼研究，不過穿上戲服、畫上劇妝，被舞臺燈光照耀的百合羽看起來就像存在於不同世界的人物。跟平時「師父、師父」地用天真無邪的笑容與我相處的百合羽簡直判若兩人。

與她同臺演出的丸越玲一則是一反平常落落大方的態度，生動地飾演著一名像小狗般到處跟在鶺鴒背後的軟弱貧窮作家。

悽慘的事件發生在選為拍片場地的九龍飯店中，而鶺鴒做為一名偵探挑戰難關。

飾演配角的女演員以及飾演凶手的大明星演員，也各自發揮著精湛的演技。也許是被鳥保導演散發出的熱量所推動的吧。

拍片過程進行得非常順利，轉眼間便來到晚上。

「好期待作品完成啊！什麼時候會公開上映呢？」

「假如朔也大人能順利完成這項委託，應該會被邀請出席試映會。到時候就能比一般觀眾搶先一步欣賞到作品了。那一天無論如何都要安排休假才行。無論如何。」

我和莉莉忒雅並肩站在飯店入口，興奮地討論著。兩個人都徹底迷上了這部作品。

當然，我們並沒有悠悠哉哉地欣賞著難得的拍片風景。兩人在拍攝過程中都有分頭到飯店各處確認有沒有可疑人物，或者一起監視飯店的前後出入口。

另外也有確認過飯店的住宿名單，掌握了拍片團隊以外的住宿房客。

「目前都沒發生什麼狀況，進行得很順利啊。」

「會不會真的只是一場惡作劇呢？」

「但願如此。」

「師父～！莉莉忒雅小姐～！兩位辛苦了！」

正當我們交談討論時，百合羽一臉愉快地登場了。她換下戲服也卸掉劇妝，徹底變回了平常的樣子。

「瞧妳那麼開心，一定是表現得很滿意吧。嘿，大明星！」

「噫～請你別那樣講嘛～！人家一想到師父你們在看，就害羞得受不了呀。不過……欸～該怎麼說呢～？嗯，我想應該有把練習的成果都發揮出來了！」

「那真是太好囉。今天的拍攝結束了嗎？」

「是的，接下來要等到明天再拍的樣子。不過剩下好像也只有一個場景而已，預定上午拍攝。然後除了一部分的工作人員要留守之外，我們本來預定先回東京一趟的……可是……」

「出了什麼問題嗎？」

百合羽用左右兩手的食指互戳著指尖，最後把手指豎起來指向上面說道：

「你看，今天不是下著大雨嗎？」

「呃，難不成因為大雨變得無法動身之類的？」

不過聽她這麼一說，今天的雨確實從白天就下個不停。我回想起早上的新聞好像說過是滯留鋒跟高氣壓怎樣怎樣的。

「就是那個難不成呀。聽說好像道路淹水？進水？的樣子……」

「啊～啊！果然！看吧，果～然被關起來了嘛！」

「師、師父，你突然怎麼了？」

「請不用在意，他只是又發作了而已。」

什麼發作啦。

不過我不祥的預感終究還是成真了。讓我稍微發個牢騷也不為過吧？

「唉……原來這場雨下得這麼嚴重。我一直把注意力放在工作跟觀摩拍片上，都沒發現啊。假如雨繼續下得很誇張，會不會影響到明天的拍攝？」

「我也不曉得。希望可以放晴啦……」

「從今晚到明晨，雨勢會變得更強……的樣子喔。」

莉莉忒雅拿起手機，唸出豪雨新聞的最新情報。

「這間飯店沒問題嗎？」

「用不著擔心。」

似乎從櫃檯聽到我們講話的趙老翁如此保證飯店的安全性。

「這城鎮自古以來便是經常淹水的地方，不過咱們這裡蓋在地勢比較高的位置，所以打從老夫出生到現在都跟水災無緣啊。」

他的目光依舊很銳利，但看起來並沒有在生氣的樣子。

「話雖如此，但由於周圍都會積水，所以車子之類的無法通行就是了。」

不過這下我越來越擔心事務所的狀況啦。雖然因為在二樓，應該不用擔心會進水啦。

「然後呢？請問我們接下來要做什麼？尋找凶手留下的痕跡嗎？」

「不，百合羽……現在根本什麼事件都還沒發生啊。再說，就連那封恐嚇信到底是不是真的都還不確定。」

「嘿嘿嘿，這麼說也對。」

「所以我覺得妳也不要太在意比較好喔。」

「說得也是。啊！那請告訴我師父住的房間號碼吧。我等一下去找你們玩。大家一起玩人生轉世遊戲吧！我從自己家裡帶來了。」

所謂的人生轉世遊戲，是一種擲骰子讓棋沿著格子移動的桌上遊戲。只要朋友們一起玩，應該整晚都不會覺得無聊。

「好令人懷念的東西啊。」

「把自己的命運交給骰子，又是結婚又是背債又是離婚，度過一段充滿緋聞八卦的人生吧～！」

這講法聽起來真討厭啊。

「我是沒關係啦，但那位很有個性的經紀人先生應該會生氣吧？說什麼『緋聞是ＮＧ喔～』之類的。」

雖然這樣講有點失禮，但我其實不太喜歡那位經紀人。包括他毫不掩飾地把百合羽當成商品看待的態度在內。

「你說名籤先生嗎？的確啦……不然這樣吧！我半夜偷偷去找你們，不要讓他發現！」

「那樣子感覺更像在幽會啊。」

「有什麼關係嘛～這是雇主的命令喔。師父～」

這女孩，我還以為她是個大人講什麼都會乖巧聽話的類型，但意外地也有頑皮的一面啊。

不，或許現在只是抱著像校外旅行的心情吧。

「玩完遊戲之後，我還想跟莉莉忒雅小姐聊戀愛話題聊到通宵呢！」

嗯。看來我的推理應該是正確的。

「咦！這、這個……」

「來聊嘛～！拜託啦！我想要經驗看看那種事呀～！求求妳！」

「啊，不可以拉人家的裙子呀。請問妳這是什麼拜託方式！」

原諒我，莉莉忒雅。就算妳用懇求援救的目光看著我，這局面對我來說實在負擔太大了。

於是我丟下那兩位少女，走向大廳櫃檯。雨瀧正一臉無聊地玩著手機。

「嗨，雨瀧。」

「你又來了？怎麼一直來呀。」

她慵懶地伸展一下手臂後，把上半身靠到櫃檯上。

「雨下得真大啊。」

「嗯～是呀～」

「拜託妳講話的時候至少別看手機好嗎？」

「不要講那種像老師一樣的話。話說阿朔呀～你是不是太閒了？你不是偵探嗎？去找個工作怎樣？」

「要說工作我剛才已經……我要說的是，這飯店啊，不擔心漏雨之類的嗎？」

「啥？你找碴奧客？」

「不是啦。我只是想說這裡好像很有年代了，遇到這麼大的雨會不會有問題之類的。」

「我一直都住在這裡，但意外地都沒事喔？」

「可是像我住的那間房間，就有水會從窗戶縫隙跑進來啊。」

我委婉地向她傳達自己真正想講的事情，結果少女卻「少唬人啦～」地笑著把身體探出櫃檯外面，拿起手機跟我拍了一張合照。

「Ｙａ～」

「不是Ｙａ～啦！妳不相信我？就算住宿費算得再便宜，也不表示就可以放棄服務喔。」

「你超激動的欸。」

「不要跟我竊笑！啊！妳看！剛才我頭上就滴水下來了！應該是從挑高屋頂上滴下來的吧？是漏雨啊！真的在漏啊！」

「是上天的淚水呢～」

「好詩情畫意……不對啦！想哭的應該是我啊！」

我對雨瀧的調侃一句一句都做出反應，結果她最後嘻嘻哈哈地大笑起來。

「啊哈哈！阿朔好有趣～！」

她全身彎下去用力拍打著櫃檯桌面。一反平時給人的印象，意外地笑點很低也是她的特徵之一。就算平常感覺很成熟，在這方面終究還是個中學生。

「拜託，妳稍微尊重一下房客的……」

就在我打算繼續追究的時候，某個東西忽然映入我的視野，讓我在意得抱怨到一半就中斷了。

「嗯？你怎麼啦？」

我目不轉睛地注視著櫃檯後面的牆壁。

「哦哦，這個？聽說好像是從很久以前就寫在這裡的喔～」

牆壁上有一段用墨水直接書寫的文字。縱書文體，全部四行。長寬兩公尺的牆面上排列一堆漢字。大概是廣東話吧。漂亮的筆跡吸引了我的注意。

「我來的時候都沒發現它。這在寫什麼？」

我本來以為雨瀧又會調侃我「居然連這種事情都不知道」之類的，但她卻意外地把牆上文字的意思翻譯並背誦出來：

「背叛之徒銜龍顎。

礙事之徒灼鳳焰。

貪求之徒沉水底。

不軌之徒落虎爪——」

「……內容聽起來好恐怖。」

「這是以前爺爺告訴我的。他說好像是什麼鋼鐵紀律的樣子。『要是敢反叛幫派就真的會變成這樣喔？』之類的。」

「妳說幫派是指大陸來的犯罪組織是吧？」

這個我也有聽說過。雖然近年來已經銷聲匿跡，不過據說從前——尤其大戰前後的年代似乎勢力相當龐大的樣子。

「所以這是在描述幫派叛徒最後的下場……嗎？」

「或許這間飯店從前也有跟那邊的人們有什麼關係吧～雖然說應該也是爺爺的爸爸那個時代的事情啦。只是到了現在也找不到什麼時機去消掉，而且大家也都忘記這些話的意義了，所以就當成一種裝飾留下來的樣子。」

「平常看習慣的東西背後其實隱藏有什麼恐怖的意義——感覺好像什麼都市傳說一樣啊。」

「對呀，那麼我要回去工作囉～」

「不，等一下等一下，漏雨的事情還沒……」

「貪求之徒，要沉於水底喔？」

雨瀧說著，把剛才拍的照片又秀給我看。就是我跟她的那張雙人合照。上面只有我的臉被修得超級可愛，然後兩人之間還點綴了愛心圖案。

對方是個中學生。我就這麼被她掌握了一張萬一流傳出去可能導致我的立場在各種意義上很危險的照片。

□

大批的電影關係人們由於這場大雨變得無法離開。不過趙老翁特別為他們提供了飯店六樓一整層的房間。當然這不是做慈善事業，該收的錢還是要照收。

而我也請他把我和莉莉忒雅的房間一起從四樓換到六樓。這是為了萬一在恐嚇信上發生了什麼相關的事情可以及早應對。

沒錯，既然攝影團隊要留下來住在飯店，這段期間我也必須繼續保持警戒才行。

吃完晚餐後，我決定暫時和莉莉忒雅分頭行動，再去飯店各處巡邏一次。

「請問你一個人去巡邏沒問題嗎？」

在房門前分開行動前，莉莉忒雅如此為我擔心著。

「應、應該沒問題啦。反正目前都完全沒看到什麼可疑的傢伙。」

當然，我這麼說只是在逞強。

「為了保險起見，我希望莉莉忒雅可以待在百合羽身邊。畢竟那女孩要是沒人盯著，搞不好會說什麼『這是做為徒弟的義務』然後跑來跟著我啊。」

聽到我如此說服，莉莉忒雅也感到同意地點點頭。然而她似乎還是有點不滿的樣子。

「莉莉忒雅，就拜託妳囉。」

「虧你平常有事沒事就會想像不好的狀況，迴避危險的事情或恐怖的場所……偏偏只有在這種時候愛裝帥，真是受不了。」

「呃～……沒問題啦！我不會每次都犯那種被第一次見面的對手殺掉的失誤啦。」

為了讓她放心，我盡可能發出開朗的聲音。

而且就算我真的被殺掉也沒問題。遺書我在昨天已經寫好了。

於是我拍拍助手的頭之後，出發巡邏。

現在時刻過了晚上十一點半。

像這樣獨自站在走廊上，就能更清楚地聽見激烈的雨聲。

「好討厭啊……好恐怖啊……」

我一個人咕噥著不爭氣的話，走在靜悄悄的走廊上。

工作人員們全都已經回到各自的房間休息了。這是因為鳥保導演吩咐大家早點就寢並鎖好各自房門，沒事不要亂走，乖乖在房間待到天亮。

由於明天一大早還要拍片，所以每個人似乎都聽從吩咐提早就寢的樣子。

如果大家就這麼乖乖待在房間裡，應該就不會發生什麼事情吧。

「雖然夜晚的飯店感覺令人發毛，不過假如就這樣平安無事獲得報酬，也算很輕鬆了……吧。」

我為了揮散自己的恐懼心，試著講講樂觀的事情。當然就算想樂得輕鬆，我也沒有要故意偷懶的意思。最起碼會把每一層樓的走廊都到處巡一遍。

「從上面依序巡下去吧。」

如此決定後，我辛辛苦苦地爬樓梯到了最上層的九樓。

「沒……沒電梯可用果然夠嗆的……」

當我爬到最頂端時已經上氣不接下氣了。

調整完呼吸後，我開始巡視從迴廊分別朝四方延伸的走廊。

我記得住在最上層的房客人數應該只有一隻手就能數完的程度。畢竟光爬樓梯上來就這麼辛苦了，人少也是理所當然的吧。

每條走廊的最深處都有一扇大窗戶，然而被夜色染成一片漆黑的窗外看不到什麼景色。

「沒發現什麼異常……嗯？」

就這樣——當準備進入北側的走廊時，我停下腳步。因為在最深處的窗戶前站著一名男子。

「嗚喔！」

音。

我忍不住發出聲音。那男子正在窗邊讀書。

「你好。」

對方似乎注意到我，而對我打了聲招呼。是聽起來有點悠閒自在而溫和的聲音。

「……你好。」

我一邊掩飾著內心的動搖，一邊回應。

那是我第一次見到的面孔。看起來好像年紀比我大，但由於走廊光線昏暗而難以判斷確切的年齡。

「我是住在九〇一號房的哀野泣。今晚可真是不幸呢。」

他表示自己就是住在最上層的少數房客之一。他雖然身材細瘦而高挑，不過因為駝背的關係，我們的臉差不多一樣高。

「不幸、嗎？」

「其實我本來預定今天要離開的，卻偏偏因為這場大雨而無法啟程的意思。」

「哦哦，呃～我叫泊月朔也。那真的是辛苦你了。不過你在這地方做什麼呢？」

「如你所見，我正在看書。映月讀書的意思。」

「這樣啊。」

「這種天氣哪來的月光？——你臉上這麼寫著呢。」

我本來想盡量別表現出來的，但似乎還是被看穿了。自稱哀野的男人接著望向雨滴滑落的窗戶外面。

「烏雲密布也好大風雨也好，無論是什麼樣的夜晚都會有月光灑落的意思。因為在烏雲的上方，月兒一直都掛在那裡啊。」

看來這個人的感性非常獨特。

「請問你在讀的是什麼書？」

我稍微感到好奇起來，這樣感性獨特的男人究竟會讀什麼書？結果他害臊地搖一搖頭。

「這不是什麼值得拿出來介紹的東西。」

「別這麼說嘛。」

「……是嗎？那麼……」

哀野說著，把他的愛書遞到我手上。

「我看看喔。呃～……《自愛　～將右手增殖培養並改造成美少女。自己抱自己的博士～》……」

還真的不是什麼值得拿出來介紹的東西。居然是癖好超特殊的情色小說。

「啊，拿錯了！這邊才對！」

對方慌張地從我手中把書拿回去，又立刻遞出另一本書。

「我想也是！嚇死我了。這本書是……三隻小豬？圖畫書嗎？」

這同樣令人感到意外。

「嗯，圖畫書其實還頗深奧的喔。長大之後再回來讀就會有許多新的發現。」

如此熱烈主張的他滿臉通紅。

「所以你是一邊讀著自愛，將右手增殖培養什麼什麼的——然後中間又穿插閱讀小豬的故事是吧。」

「拜、拜託你別說啊～！不過這兩本都是名作喔！」

他也太慌張了。真是個有趣的人。

「話說你呢？這種時間在做什麼？」

「我在夜間巡邏。想說會不會有大野狼之類的。」

「大野狼？」

「別太在意。我只是正在調查一點事情而已。啊，我是個偵探。」

「偵探！真的嗎？那務必讓我跟你聊一聊！我是個漫畫家，正在考慮下一部作品要畫畫看推理漫畫呢！」

「漫畫家！我第一次見到！好厲害。那麼『哀野泣』是你的筆名嗎？哦～！別看我這樣，我其實很愛看漫畫喔。請問你是在哪裡連載作品？」

「我是只個沒沒無聞的網路漫畫家啦，而且也僅會不定期投稿而已……根本沒有名氣啊，我。哈哈。」

他變得更加駝背，看來我不小心刺激到他的自卑心了。

「呃～不過還是很厲害啊。像我就完全沒有畫圖的才能。那你到這間飯店住宿的理由該不會就是傳聞中所謂趕不上交稿日的漫畫家閉關趕稿的狀態之類的？」

「也不是啦。我是在網路上聽說關於這間飯店的傳聞，所以來住住看的。因為據說這飯店的氣氛非常特異，讓人難以想像是在日本的樣子。簡單講就是一種想要尋求刺激的好奇心，不過也多虧如此真的讓我湧現了很多靈感的意思。」

鳥保也好，哀野也好，看來這間飯店充滿某種吸引創作家的魅力。

「等一下回房間後，我就打算來開始構思新作的內容。反正被關在這裡也無法離開，總要把時間花在有意義的事情上啊。」

我因為第一次遇到漫畫家這種人物而感到興奮，結果跟哀野聊了好一段時間。我們講起各自喜歡的漫畫就聊得停不下來，回神才發現早已超過半夜十二點了。怎麼說呢，我們彼此的興趣完全重疊在一起啊。

然而我接下來還必須巡視其他樓層，而且太晚回房間也會害莉莉忒雅操心。因此不能一直都待在這裡閒聊。

「我該走了。」

「你已經要走啦，阿朔。」

「雖然有點不捨啦。」

臨走之際，我本來想提醒他可能會有大野狼出沒，所以晚上最好別出來閒逛——但最後作罷。畢竟不是電影關係人的他和這件事情扯不上關係。我沒有權利限制他的行動。

「那麼，晚……」

「哦哦——對了。」

「咦？」

正當我準備離開時，哀野又忽然叫住我。

「沒啦，你剛才不是說自己在調查東西嗎？我是不會問太多啦，不過難道發生了什麼事件嗎？」

「呃～」

我不禁猶豫該不該說出來。

「啊啊，沒關係沒關係。只是昨天我問了一些關於這間飯店的事情，有從老闆那裡聽到一件饒有趣味的事情。」

「……從趙先生那裡？」

「對，所以我想說這件事或許可以為你提供什麼線索。」

「稍微問一下，是什麼樣的事情？」

「從前的故事啦。就是據說這間飯店大約二十年前——有發生過殺人事件的意思。」

一陣強風颼起，斗大的雨滴「啪！」地打在窗戶上濺開。

「殺人事件？這我倒是沒聽過。」

「好像當時在這裡住宿的一家人一夜之間接連遭到殺害的意思，而且謠傳是腦袋被啃斷的。」

真是悽慘的故事。

「不過就算已經是過去的事情，真沒想到那個趙先生居然會願意把自己飯店發生過的殺人事件講出來啊。」

「關於這個嘛，因為我做為一名漫畫家，經常會跟各種職業的人物取材，所以還頗擅長跟人拉近關係的。」

我不禁感到佩服，這麼說來我也是在不知不覺間跟他徹底變熟了。

「話雖如此，但其實我也只有問出這樣而已，他沒有再告訴我更詳細的內容。」

真是可惜——哀野如此作結並聳聳肩膀。

「二十年前的事件……嗎？」

雖然我認為應該跟恐嚇信沒有關聯性，不過還是姑且記起來吧。

「另外還有一件跟剛才那些話沒有關係的事情，想聽嗎？」

「當然。」

「這間九龍飯店啊，構造設計得很神奇對不對？講得好聽一點也稱不上有多美觀，在各方面也都很不方便。」

「嗯，確實啦。」

「房屋本身也很老舊，以前又發生過那樣悽慘的事件，可是飯店卻能夠長年經營下來。而且雖然不曉得當年是不是刻意挑選過，又是建在這種即使遇到像今天這樣的豪雨也安然無事的地點。怎麼說呢，你不覺得好像有種被什麼存在保佑著的感覺嗎？的意思。」

「……保佑？怎麼忽然變得抽象起來了。你在跟我講神祕學嗎？」

「不要用那種狐疑的眼神看我啊。不過也確實啦……可能算神祕學吧？就我的看法來說，這間飯店似乎相當注重風水的樣子。」

「風水……是那個講方位怎樣怎樣的中國占卜術嗎？也就是說這飯店很在意什麼運數之類的？」

「嗯，這也是我以前當作取材的一環所調查過的東西。印象中叫作『四神相應』吧？這間飯店好像是把守護神配置在東西南北四個方向驅邪的樣子。」

「四神。」

這個我也聽過。就是將東西南北分別視作青龍、白虎、朱雀和玄武四尊神獸的思考方式。

「像那尊龍的雕像也是其中之一。就是四神中所謂的青龍了。」

這麼說的話，在西棟的老虎剝製標本也是為了那樣設置的吧。

「我猜搞不好就是因為二十年前發生過的那樁事件，讓老闆開始在意運數的。你看，這裡的大廳不是直通屋頂嗎？那在風水上好像不是很好的樣子，所以老闆可能想透過其他東西改運吧。」

「也就是說趙先生本身也很在意過去的那件事嗎？」

「或許啦。我聽說的事情大概就這樣。你當成是閒聊，聽聽就好的意思。」

「我會的。謝謝你。」

和漫畫家哀野道別後，我走下樓梯，依序巡視各層樓。

「九龍飯店……二十年前的事件……嗎？」

我一邊下樓梯，一邊用手機試著調查剛才聽說那樁過去的事件。結果一搜尋，確實發現了可能的事件。

『小九龍一家殺害事件』。

遇害的是當時投宿在飯店的一家人，四個人遭到殺害。

雖然講投宿，但實際上似乎是用便宜的房租居留了好幾個月，幾乎等於是住在飯店生活的樣子。可能是當時的老闆基於一片善意，將房間提供給投靠無門的一家人吧。

然後那一家人遭到殺害了。

每一具遺體的模樣看起來都宛如被什麼牙齒銳利的野獸咬死一般——報導中如此描述。

在這種時間、這種場所，實在不應該獨自一個人讀這種文章。

「啊啊真討厭真討厭。」

唯一的救贖是，當年有順利逮捕到凶手，事件已經獲得解決了。

然而我沒有查到例如犯案動機等等其他更詳細的情報。

「然後過了二十年，這次換成恐嚇信嗎……」

在不好的場所容易反覆發生不好的事情。雖然我不清楚那是因為氣運所致，還是人運所致，不過這間飯店就是充滿某種感覺會發生什麼事情的氣氛。

我抱著警戒一路巡視到一樓，不過都沒看到什麼特別可疑的東西或人物。那樣就好。總比有發現什麼來得好多了。

「回去吧。」

為了緩和深夜的寂靜，我自言自語地呢喃，並且從一樓西側的走廊回到大廳。

在那裡——我停下了腳步。

我不得不停下腳步。

因為在無人的飯店櫃檯前，有個人影站在昏暗之中。

臉部被陰影籠罩，看不清楚。

「是誰……？」

那傢伙上半身赤裸，右手握著一把形狀奇特的刀物。

然後在櫃檯上——

放置著一顆人類的頭顱。

「嗚！」

我實在忍不住，發出了聲音。

那顆頭顱很明顯是剛剛才被放到櫃檯桌面上。就像飯店房客把鑰匙或大衣寄放給櫃檯人員一樣。

那張臉——那顆頭——我有見過。

是名籤。那是百合羽的經紀人名籤淳五的腦袋。表情上看不出一絲痛苦或悲傷，是在面無表情中喪命的。

站在黑暗中的人物一絲不苟地比對著櫃檯的左右寬度。

看來那個人正在調整位置，讓名籤的頭顱不偏不倚地放在櫃檯正中央。那樣莫名其妙的規矩態度讓我感到不寒而慄。

把位置確定下來後，那傢伙滿意地點點頭——轉身朝向我。

彷彿在主張根本用不著聽見什麼聲音，那傢伙早就已經注意到我的存在。

剎那間，我清楚看見對方的臉，又再度寒毛直豎。

那傢伙脖子以上的部分——是狗。

出現了。現身了。真的存在啊。狗頭門僮！

原來不只是名字而已，還真的有個狗頭。

「你是……什麼人……！拿那顆頭顱在做什麼！」

我雖然大叫，但那傢伙卻完全不在乎聲音，朝我衝過來。

從半開的嘴巴中露出尖牙和舌頭，眼睛完全漆黑。

什麼都沒有。黑漆漆一片。空洞虛無。

「嗚哇啊啊啊啊！」

霎時，我全身寒毛聳立到極限，靠著本能往樓梯直衝而去。

要被殺了。死亡化為實體逼近過來了。

開什麼玩笑！

我才沒有興趣也沒有勇氣跟那種怪物正面交手。

六樓。我要逃到六樓。在那裡有攝影團隊的人們，莉莉忒雅也和百合羽一起在那裡。

雖然路途遙遠，但我還是要逃到那裡去求救。沒問題。我的位置距離樓梯比對方近得多。只要別像老套的驚悚電影一樣搞出半路跌倒之類蠢事，就不用擔心會被對方追上。

正當我腦中如此計算，並準備跨大步伐三階併一階衝上樓梯的時候……抬頭一看，狗頭門僮竟然已經站在樓梯上方了。

「為、為什麼會在我上面……」

我什麼時候被追過的？

「難道說……是從樓梯旁邊的牆壁直接衝上去抄捷徑？那整整有三公尺高啊……簡直不是人類能辦到的事情……」

如果不是人類呢？

「你到底是什麼啦啊啊！」

——不就說了是『狗頭』嗎？

那傢伙不發一語的臉，在我眼中看起來就像這麼回應著我。

這時候我才總算看清楚那傢伙拿在手中的東西究竟是什麼了。

是柳葉刀。一種刀身異常地寬，形狀相當特殊的中國刀。雖然經常被人誤認為是形狀類似的武器青龍刀，但瞞不過我的眼睛。

可是就算瞞不過又能怎樣？

狗頭門僮高高跳起，朝我攻擊過來。

「嗚……喝！」

我反射性地把身體往後仰，結果柳葉刀從我眼前劃過空氣——不對。

現實世界跟動作片電影不一樣，看來並不是那麼容易就能躲開凶刀的。

我從左肩一路被砍到上臂。傷口極深，直達骨頭。

緊接著又被對方狠狠一踹，朝後方飛去。好不容易爬上樓梯卻又摔回下面了。

「咳……嗚……咳噁……！」

沒辦法呼吸，也沒辦法講話。視野模糊閃爍，血液的味道在口中散開。

我抓著牆壁，勉強站起身子。

被砍傷的地方像瀑布一樣不斷流出鮮血。狗頭門僮瀟灑地甩動刀子，一階一階走下樓梯。

我為了拉開距離，沿逆時針方向在大廳移動。

這傢伙到底怎麼搞的？這異常的身體能力與格鬥技術究竟怎麼回事？

因為這地方是小九龍嗎？像中國電影一樣，每個登場人物都基本具備高強武功能力之類的現象嗎？

我的雙腳不斷發抖，呼吸也遲遲沒有恢復。

狗頭門僮朝我直衝過來。

啊啊，這下要被殺了。

逃跑也沒用。迎戰也沒用。

既然如此——只有拚了。

雖然送死是下策之中的最下策。

雖然我這輩子絕不想再被人殺了——

「混蛋……！」

我抱著決心踏出腳步，抓著希望奔去送命。

意識啊，拜託要撐住。

我把雙手往前伸，抓住對方的身體。

伴隨「噗哧！」一聲，柳葉刀的刀尖深深刺進我的腹部。

短短一瞬間，我的下半身就癱軟無力了。但這種程度我早有覺悟。

我把渾身的力氣都注入雙手，如熱情擁抱似地抱住狗頭門僮。

接近到這個距離就能知道了。這傢伙是頭部戴著一頂像面具的狗臉。講得再精準一點，就是把野狼頭的剝製標本戴在頭上。

這間飯店的走廊牆上到處裝飾有動物頭部的剝製標本，或許就是從中搶來假扮的吧。

©riichu

「你……為什麼要做這種事……？」

既然腹部被貫穿，就這樣乖乖等死也是一種灑脫吧，但反正還有時間，我就趁最後的空檔如此詢問對手。

告訴我啊。為什麼要殺掉名籤？

有什麼關係？反正我都要死了。

「人家不是說……死人不會講話……嗎？」

結果那傢伙用被面具悶住而模糊的聲音說道：

「不准玷汙……天女。」

回過神時，我的身體已經癱在地上。

我就這麼躺著，仰望大廳挑高的天花板。

只有龍，靜靜俯瞰著全身無法動彈的我。

第三章 應該有斷掉吧

當我醒來，發現自己躺在床上。

清醒的感覺十分不舒服。

像是睡太多時特有的想吐感，加上自己的肉體彷彿不屬於自己般噁心的飄浮感——

我緩緩地只轉動眼球，觀察室內。這裡毫無疑問是我們住宿的飯店房間，而窗外的天色還很暗。

橫躺的我頭底下可以感受到柔軟而溫暖的枕頭。

是偵探助手莉莉忒雅的膝枕。每次醒來時，都是她在離我最近的地方。

然而——唯有這次，她似乎還沒有發現我已經恢復意識。

她呆呆地望著房間角落，口中不知在呢喃著什麼。

我本來想說要不要立刻告訴她我已經復活，但我不禁有點好奇她究竟在做什麼，而試著默默豎耳傾聽。

「那句話，我要綁上蝴蝶結原封不動地……奉還給你……好像有點不太對……奉還……奉還予您。綁上蝴蝶結奉還……」

是女高中生偵探鵪鶉的招牌臺詞。

她正興致勃勃地練習著臺詞。看來我家的莉莉忒雅小妹妹對當演員很有興趣的樣子。

「嗚嗚……！」

我為了假裝自己剛剛才復活過來，故意發出比較大聲的呻吟。

「啊！」

莉莉忒雅一聽到，趕緊中斷祕密的個人練習，用雙手迅速整理起衣服和頭髮。儀容打扮都整齊後，她探頭看向躺在大腿上的我，說出她的招牌臺詞：

「歡迎『回來』，朔也大人。」

「我回來了，莉莉忒雅。呃，我……」

在大廳交手的怪物。

狗頭門僮。

我被那傢伙親手——

「你又被殺了呢，偵探大人。」

偵探大人——莉莉忒雅語帶諷刺地如此說道。

「看來是這樣。」

現在時間是凌晨四點。

「話說，朔也大人……請問你剛才有聽到什麼嗎？應該什麼都沒聽到吧？」

「嗯？什麼？我什麼都沒聽到喔？我才剛復活。」

這句話怎麼講起來好像約會碰面時的臺詞。

「……現在的狀況如何？」

在死亡殘留的些許暈眩之中，我撐起身子。

「發生了很多狀況。但或許沒有太多時間可以慢慢說明。」

也就是說現在還沒抓到凶手，何時會再出現另外的犧牲者也不奇怪的狀況。

「殺死我的，是個頭戴狗面具的異樣男子。」

「那麼凶手名副其實真的就是狗頭門僮嗎……話說回來，好大意的人。明明那樣信誓旦旦地說自己沒問題的。」

「我無從反駁。」

莉莉忒雅在生氣。

每次當我被人殺害時，她都要照看屍體，默默等待直到我復活——只要想想她的立場與心情，會生氣也是在所難免的。

「然後，我想知道一下我死掉這段期間的來龍去脈……」

「我首先察覺異狀是在過了半夜一點二十分的時候。當時我和百合羽大人兩個人待在她的房間裡，突然聽見不知從飯店何處傳來慘叫聲。就在距離終點剩下三格的關鍵時刻……」

「三格？」

「上輩子的負債也即將還清的說。」

看來她們兩人當時正愉快地玩著人生轉世遊戲。

「後來又聽見有人大叫著『來人、來人』的聲音。於是我立刻走出房間，發現聲音是從大廳方向傳來的。走下大廳便看到鳥保導演在那裡。是的，發出聲音的人就是他。」

「為什麼他那種時間會在大廳？」

「據說是因為遲遲無法入睡，所以到走廊打算抽根菸的樣子。然後他靠在六樓迴廊的欄杆上，俯瞰著大廳準備點燃香菸。就在這時注意到大廳地板上有像是血液的東西，所以為了確認才下去一樓的。」

明明收到恐嚇信，又吩咐工作人員們不要出房間，自己卻跑出來走動。簡直是個比我還大意的人啊。

「妳說的異狀，該不會是發現了名籤的頭顱……之類的？」

「朔也大人，你有看到？」

不出所料。我被殺之前看見的景象並不是在作夢。

「我有看到。那顆頭被放在櫃檯的桌子上對吧？」

我很有自信地如此表示，但莉莉忒雅卻露出感到奇怪的表情。

「……難道不是？」

結果她打開房門，轉回頭看向我。

「請問你要不要親自去看看？」

莉莉忒雅帶著我下樓到大廳，我便看到了跟鳥保所目擊的相同景象。

那果然是名籤的腦袋沒錯。

然而不是擺在櫃檯上，而是被咬在龍的嘴巴中。

講說是龍，當然指的是裝飾在大廳的那尊雕像。

不過那樣低級的演出還是令人好一陣子講不出話來。

「鳥保導演當時嚇得腳軟，嘴上不斷重複同一句話。」

——恐嚇信是真的！

「當我趕到現場時，名籤先生已經呈現這個模樣。而他脖子以下的部分也躺在雕像的腳底下，目前暫時安放在廚房後方的冷凍室中。頭部由於是被硬塞進龍嘴中，龍牙刺在裡面想拔也不好拔出來，因此雖然於心不忍，也只能這樣保持原狀了。」

聽她這麼一說，地板上的確可以看到血跡。無頭屍體原本應該就是倒在那裡吧。

「頭部……為什麼要這樣被咬進那種地方？」

當時狗頭門僮把那顆頭不偏不倚地放置在櫃檯桌面上，看起來已經感到滿意了。為何後來會變成這樣？

「其他人聽到聲音也紛紛趕來，讓大廳陷入了一片騷動。」

「警察呢？」

「漫呂木大人已經有聯絡，但無奈大雨造成道路大規模淹水，似乎要等天亮以後才會抵達的樣子。」

不動的龍顎被名籤的血染成深紅色。血液已經凝固，看起來沒有在滴了。

「也就是說，在那之前我們都要在這間飯店……」

「是的，要跟殺害了名籤先生的凶手一同度過。大家現在都非常恐懼。」

「那肯定非常難受吧。竟然要跟一個外觀那樣令人發毛的傢伙待在同一個地方。」

有一張狗臉，上半身赤裸，揮舞一把巨大刀物到處追殺目標的男人。實在是教人不願回想的模樣。

「不，其他各位沒有任何一個人目擊過那個凶手的樣貌。大家感到恐懼是因為其他理由。」

我頓時疑惑歪頭，於是莉莉忒雅伸手指向一處。

是櫃檯後面的牆壁。有文字寫在上面。

據說是從前掌控這座城鎮的黑社會幫派所留下的話語。

在跟雨瀧反應漏雨的事情時，我也已經看過那些文字了。

「妳說那又怎麼……」

我講到一半發現，那文字的狀況不太對勁。

[redacted]

貪求之徒沉水底。

不軌之徒落虎爪——

「前半部被塗黑了……」

「當我們聚集到大廳的時候，它已經呈現這樣的狀態。」

我靠近仔細觀察，發現塗抹在文字上面的似乎是人血。

「何止十之八九，這鐵定是凶手做的吧。」

「是的，背叛之徒銜龍顎。就像被塗黑的第一行文字所示，名籤先生的頭被咬在龍的嘴巴中。也就是所謂的——」

「譬喻殺人。」

這是一種形容凶手依循童謠歌詞或戲曲情節等形式進行殺人的用語。

「阿嘉莎．克莉絲蒂、艾勒里．昆恩、范．達因……以及橫溝正史。是眾多推理作家都寫過的題材呢。」

莉莉忒雅雖然如此說明，但我對推理小說不是很熟悉。這不是我要狡辯，但希望大家別認為每個偵探都喜歡懸疑作品。我相信應該也有科學家不看科幻小說的。

血液流在牆壁上，乾掉後變為深深的黑色。簡直充滿驚悚片的感覺。

「換言之，這是來自凶手的一種表明，暗示接下來還會循著訓示內容繼續殺人下去的意思嗎？」

「是的，只要看到這景象，任誰都會知道狗頭門僮的殺人行動將要持續下去。」

所以剛剛莉莉忒雅才會說時間不多。

「那麼該怎麼辦？難道必須和行為如此殘忍駭人的凶手待在同一間飯店直到早上嗎？下一個會輪到誰被殺？——大家都如此驚慌失措著。然而就在那樣的狀況中，百合羽大人非常勇敢地大聲呼籲——」

——請大家放心！非常巧的，現在有一位優秀的偵探先生也住宿在這間飯店呀！

「那位優秀的偵探先生，該不會就是我？」

把我捧得真高啊。

「這麼說來也對——包括鳥保導演這樣一句話在內，大家都因此看到了一線希望。想當然，緊接著眾人就開始議論起那麼追月朔也在哪裡？必須快點把偵探叫到這裡來才行。」

「可是那時候我已經……」

我回顧自己的狀況而忍不住插嘴，但莉莉忒雅不以為意地繼續說道：

「很遺憾的是如你所見，訓示的第二行也被塗黑了。也就是說一反大家心中的期待，第二樁殺人行動早已完成。」

嗯，可以這麼說。

「恰巧就在這個時候，飯店的年輕員工——好像叫雨瀧小姐吧——她從六樓迴廊的欄杆探出身體，大叫失火了。」

莉莉忒雅說著，指向大廳上方。

「雨瀧她？說發生火災？」

「起火點是南棟的六〇六號房。」

「……等等，那房間我記得是……」

我翻找自己的記憶。

「是的，就是百合羽大人的經紀人——名籤先生的房間。」

她一邊說著，一邊走向大廳的樓梯。於是我也邊聽邊跟在後面。

「當鳥保導演發現名籤先生的遺體，大家陸續聚集到大廳來的時候，據說雨瀧小姐因為在最上層附近，所以沒聽到騷動聲。」

我們兩人踏上軋軋作響的樓梯，途中我好幾次踢到階梯差點摔倒。或許因為剛從悽慘的死法中復活的緣故，身體還有一點不聽使喚。

「奇怪～？我什麼時候在這裡長了個東西啊？真討厭……」

總覺得有種一瞬間老了十歲以上的感覺。

「怎麼了嗎？」

「沒事，別在意。話說雨瀧那時候在最上層做什麼？」

「聽說是揉著想睡的眼睛，很盡責地到處巡視有沒有漏雨的樣子。」

雨瀧在大廳櫃檯時明明對我態度那麼隨便，卻在半夜偷偷發揮良好的服務精神，還真有一套。看來她其實也有認真的一面。

「然後當她走下來到六樓的時候，目擊了六〇六號房的門縫露出黑煙。可是**房門上著鎖**，對房內呼叫也沒有回應。於是她用備份鑰匙打開門，見到房間裡濃煙密布。」

因此確定是發生火災的她馬上大叫「失火了」。

莉莉忒雅聽到那聲音便立刻趕往六〇六號房。據說當時有很多人留在大廳，不過除了她之外，還有漫呂木跟鳥保也一起趕往現場。

「當我抵達六〇六號房時，火災警報器這才響起，並且從天花板開始灑水。我凝神注視濃煙內部，看見有人倒在房間地板上，而大火從那個人身體燃燒出來。不過火勢很快就被撲滅了。」

「有人在燃燒？在名籤的房間裡？」

莉莉忒雅對我的疑問沒有回答，又繼續說明：

「我當時一邊確認安全一邊進入房間，為了讓黑煙消散而解開窗戶上的鎖，開窗通風。」

就在她描述到這裡時，現實中的我們也抵達了六〇六號房。房門依然保持著打開的狀態。

「這扇門，在雨瀧川備份鑰匙打開之前都上著鎖對吧？」

「她說當時確實上著鎖沒錯。而且也說她有看到六〇六號房的鑰匙，掛在房門旁邊掛鑰匙的地方。」

「也就是說……」

「是的，也就是說——這是一間密室。」

「啊～……」

我忍不住抓起頭。棘手的問題又多一件了。

「我接著要去叫醒那位倒在地上的人物，但立刻發現那是沒有意義的行為，於是放棄了。」

「沒有意義？」

「因為那個燃燒的身體沒有頭部。」

「頭部……」

換言之，根本連叫都不用叫就知道那個人已經死了。

第二椿殺人已經完成。

「察覺這點的鳥保導演變得更加暴躁，大吵著快點把偵探叫來。然而他的要求已經不可能……不，嚴格上來講其實已經達成了。」

我頓時嘆氣。

「……我知道了。也就是說，在這裡被殺掉的人就是我對吧？」

「是的，朔也大人當時已經在這間房間遭到殺害。」

我戰戰兢兢地把腳踏入六〇六號房。房間地板與床單有一部分被燒得焦黑，天花板也被煙燻黑。這些都是火災留下的痕跡。本來應該有著纖細花紋的地毯這下也都報銷了。

「燃燒的屍體……縱事之徒灼鳳焰——嗎？」

那座龍的雕像裝飾在大廳東側，而這間六〇六號房則是位於南棟，從這裡燃起火焰。

假如把東邊的龍視為青龍，那麼南邊的鳳凰可以置換為朱雀。

「原來如此，是配置在飯店各方位的四神啊。」

莉莉忒雅伸手指向房間裡的床鋪。

「朔也大人的頭就掉在那張床上。」

「掉在這裡……啊。」

「就在這時，遲來的百合羽大人以及替身演員的白鷺大人也趕到了這間房間。得知朔也大人的死之後，百合羽大人當場倒下，而白鷺大人拚命地安撫那樣的百合羽大人。」

居然讓百合羽見到了我那麼悽慘的模樣，真是對她很抱歉啊。

「但是凶手為什麼要刻意把我的頭砍斷呢？假如是譬喻殺人，只要把屍體點燃應該就算完成了。再說，為什麼我的屍體會倒在名籤的房間裡……？」

我被狗頭門僮殺掉的地點應該是在大廳才對。

「我才想問呀。請問你到這種地方來做什麼？難不成是幽會嗎？」

莉莉忒雅跟我拉開了一點距離。

「不，哪有那種事！我有什麼需要半夜偷偷拜訪名籤的房間啦！」

我可完全沒有那樣的記憶。

「關於這點請你等事件告一段落之後再慢慢辯解，總之朔也大人就是這樣被發現的。你的身體以及身上的衣服都徹底被燒焦，狀態可以說非常悽慘。」

「……衣服也是？」

「那當然了。因為是從你身體起火的呀。」

聽她這麼一說，我才總算在復活以來第一次仔細確認自己的狀況。

衣服的狀態確實非常糟糕。雖然肉體本身已經完成再生，但衣服又焦黑又破爛，簡直就像什麼從墳墓中復活的喪屍一樣。雖然實際上就是那樣沒錯啦。

「拜託妳先講啊！這不是害我用這模樣走來走去了嗎！」

這種無意義的敘述性詭計真是討厭。

「請放心。為了這次住宿飯店，我有幫你準備好換穿用的衣物了。請你等一下去換個衣服吧。」

既然這樣，我更希望妳在離開房間之前就先跟我講啊。

「將朔也大人狀態悽慘的遺體搬送到我們房間的，是漫呂木大人和白鷺大人。其中的分配是身體由白鷺大人，頭部由漫呂木大人。」

「那個分配有必要特別說明嗎？」

「百合羽大人由於震驚過度，當場嚎啕大哭。我想現在恐怕也悶在自己房間裡傷心難過吧。請你等一下去跟人家說聲對不起喔。」

關於我復活的事情，究竟該怎麼說明才好？這次的狀況實在令人傷腦筋。腦袋被砍斷，身體又被火燒，我可沒自信這樣還能光明正大地主張是運氣好得救了。

「然後是妳指示他們要把我的頭和身體接在一起安置的對吧？謝謝妳。」

我如此道謝後，莉莉忒雅彬彬有禮地對我鞠躬並比了一個Ｙａ。沒有必要比Ｙａ吧？

我再一次慶幸自己還活著，並轉動一下肩膀。總覺得關節僵硬，可動範圍有點狹小。看來身體還沒恢復正常的樣子。

「要是被安置得身首異處，我搞不好就無法復活啦。」

我即使不幸喪生或遭人殺害都能夠重新復活。雖然稱不上什麼特技，但這就是我的體質。

而在復活的時候，當然也會伴隨肉體上的再生。

受傷、壞死的細胞會復甦並癒合傷口，假如有手腳或頭部被切斷也會重新接回原狀。

然而那僅限於各個部位都接在一旁的狀況。

雖然我對於自己身體的特性還沒有徹底驗證，但如果被大卸八塊丟棄在不同地方，恐怕就難以復活了。

頭部或手臂獨自在地面爬動並聚集到同一個地方——這麼便利又令人發毛的事情應該不會發生才對。

「話說回來……那傢伙做事也太狠毒了。」

我把視線從據說發現自己腦袋的那張床上移開，看向牆壁。

寫在那牆上的一段文字，其實從我進入房間時就一直有看到。

『門僮不會停止敲門』

恐怕是用我的血寫出來的。

「真有種啊。」

那是來自凶手的挑戰書。

「我被狗頭門僮殺了。因為我目擊到那傢伙在犯案途中的場面。但那是發生在大廳的事情，我的遺體卻是在六樓的六〇六號房被發現。」

「為了譬喻成訓示第二行的鳳焰。」

「應該是那樣。但他為了這樣還特地扛著我的遺體到六樓來，該說是莫名死板嘛，或者說太有骨氣了。明明電梯故障不能用的說。」

「然後凶手進入名鐵先生的房間，砍斷朔也大人的腦袋並放火。甚至冒著不知何時會被人撞見的風險。」

莉莉忒雅一起輔助著我進行思考整理。

「或許他無論如何都希望能循著譬喻內容行事吧。虧他外觀那麼粗野，個性卻意外地一板一眼嘛，還是說完美主義？可是啊……」

我搔著頭坐到床上。

「這點就是讓我覺得不對勁。會在南棟之中挑上六〇六號房我還可以理解，畢竟可以確定這間房間裡一定沒有人。因為凶手自己已經把名籤殺掉了。」

「凶手當初應該是從走廊叫名籤先生開門見面的，所以在那時候房門的鎖也被打開了。」

然後既然可以把名籤叫出來，表示凶手是熟人的可能性很高。

「這間房間剛好也適合當成譬喻第二行內容的場所……可是就算這樣，有必要那麼麻煩特地扛著遺體爬回六樓嗎？」

假如換作是我，光在體力上就辦不到這點了。

「如果只是要點火，不管在飯店什麼地方都能辦到。只要方位在南棟就好，所以其實一樓也可以才對。然而凶手卻挑在六樓……有什麼必須刻意那麼做的理由嗎……」

名籤的頭被砍下來咬進龍嘴，我則是被砍斷頭後放火燒。

那麼名籤的身體——

「啊！」

「請問怎麼了？」

「莉莉忒雅……妳剛才說名籤的遺體一開始是怎麼樣？我不是說頭，是身體的部分！」

「脖子以下嗎？就倒在那尊龍的雕像下面……」

「沒、沒有啊！」

「呀！」

我聽到證詞忍不住激動起來，抓著莉莉忒雅的肩膀大叫。結果她難得被嚇到發出了小小的驚叫聲。

「那時候！我在一樓大廳被狗頭門僮攻擊的時候！名籤的身體根本不在那裡！」

「那也就是說……啊！」

看來她也察覺了我想說的事情。

「莉莉忒雅！」

「請跟我走。」

我們互相點頭後，奔出六〇六號房。

像這樣認真跑起來，身體的遲鈍感就更加讓我在意了。總覺得動起來跟平常不一樣，在各種小細節上不太對勁。

不過，這也是理所當然的。本來就會如此。

怎麼會有這麼蠢的事情。

還以為自己平安復活而到處走動，結果這根本不是我的身體。

再說一次，我討厭這種敘述性詭計。

在一樓冷凍室的角落，有一具被冰得硬邦邦的無頭屍體。

「請問如何？」

「不會錯。」

我檢查過那具遺體後，篤定說道：

「這才是我的身體。」

跟著名籤的腦袋一起發現於大廳，後來被搬進冷凍室的這個身體。其實這才是我本來的身體。

「是被狗頭門僮對調了啊。妳看，這裡。留在身體腹部的這個大傷口。這是被狗頭門僮用凶器柳葉刀貫穿時留下的。」

「這麼說來，確實在六〇六號房發現的身體雖然有被火燒灼，但並沒有像這樣的穿刺傷口呢。」

我還以為是自己復活的過程中讓傷口也再生癒合的，但根本不是那樣。

「……怎麼有這種事。你居然會搞錯自己的身體。」

莉莉忒雅傻眼地說著。

「別說了！我才想說好像很奇怪啊。身體動起來莫名不順暢，而且在很丟臉的地方又長出了我不記得有長的東西。但是因為體型非常相似，害我沒能立刻察覺……」

「很丟臉的地方請問是什麼地方？」

「而、而且我至今從來沒有過把自己的頭跟其他人的身體安置在一起的經驗……」

「很丟臉的地方請問是什麼地方？」

「什麼地方不重要啦！我沒想到竟然會以這樣的形式復活過來……」

「就算如此，正常來想會接在一起嗎？會復活嗎？請問朔也大人是什麼渦蟲的亞種之類的嗎？太超越常識了。」

超越常識已經不是這次才開始的事情，但我自己也感到很震驚。沒想到我居然可以跟別人的身體接在一起復活啊。

這下又讓我認知到自己體質新的異常性。有點小難過。

「果然，狗頭門僮是在大廳把我殺掉的沒錯。然後名籤並不是在大廳，而是在他房間——六〇六號房被殺的。」

「而在那房間被燒的其實是名籤先生的身體。」

「對，狗頭門僮應該認為要扛著我的身體從一樓爬上六樓是很難的事情吧。」

「所以他把朔也大人的頭部從身體切離，並脫下衣服一起帶回六〇六號房了。」

我起初很疑惑他為什麼不只燒掉遺體而已，還要刻意把我的頭砍斷，但其實剛好相反。不是他要砍斷，是為了搬運不得不砍斷的。

「沒錯，六〇六號房有名籤脖子以下的部分。剩下只要把我的頭放到床上，讓名籤穿上我的衣服，再讓我的身體穿上名籤的衣服，掉包行動就完成了。當然，等附近地區的淹水消退，警察抵達飯店之後，透過遺體鑑識就會很快讓掉包的事情曝光就是了。」

「不過在那之前都能保持譬喻殺人的形式——是這個意思嗎？」

莉莉忒雅瞬間理解我的思考並如此說道。不過我的想法還要再進一步。

「對，保持這個臨時想到而緊急計畫的譬喻殺人形式。」

「……臨時想到、嗎？」

或許是聽我口中冒出沒有預料到的話語而感到驚訝了，莉莉忒雅率直地疑惑歪頭。

「就是臨時才想到的。這場譬喻殺人，只是為了讓一連串的殺人行動乍看之下有一貫性，並營造出恐怖氣氛的裝飾而已。」

「意思說，這只是為了湊合？」

「沒錯，雖然偽裝成計畫性殺人……但這個順序也是反的。仔細想想看，我會投宿在這間飯店完全是一場偶然，不是狗頭門僮可以控制的事情。那傢伙發出恐嚇信的對象終究只是電影的關係人物，而我的存在應該是個意外。當然，如果在深夜大廳被我撞見是超出原本預定的事情，那麼為了堵嘴而不得已把我殺掉也想必是計畫之外的行動。」

解決了偵探之後，他肯定很懊惱這下該怎麼做吧。

「然而就在這時候，狗頭門僮看見大廳的那段訓示，便想到了自己已經實行的兩樁殺人行動可以譬喻為訓示的內容。而這點同時也意味著，凶手的目標不是只有名籤一個人。」

正因為本來就有打算繼續下一場殺人行動，所以才會決定更改為臨時想到的這種麻煩計畫。

假如凶手的目標只有名籤一個人，那麼他的目的早已達成了。在這樣的狀況下，沒有必要特地做成譬喻殺人。

「意思說凶手是臨時改變了計畫？但請問你為什麼能夠講得如此篤定？」

「因為我看到了。當時狗頭門僮非常一板一眼地把名籤的頭放到櫃檯上。想必他起初的計畫是把頭擺在那裡給人看的吧。光是這樣，隔天早上被人發現時的震撼性就已經十分足夠了。然而最後他卻像改變主意似地把頭硬塞到龍的嘴巴裡。」

實在是很厲害的隨機應變能力。

「這是唯有因為朔也大人是個能夠死而復生的人才能掌握到的情報呢。」

在這點上，莉莉忒雅也感到理解地點點頭。

「不過還有一點讓我很在意。請問凶手是如何從六〇六號房的密室中逃脫出來的呢？當雨瀧小姐發現在冒煙時，房門應該是上鎖的狀態。」

「哦哦，關於這點很簡單。」

「很簡單嗎？」

或許因為推理的主導權被我掌握而覺得不開心吧，莉莉忒雅稍微鼓起腮幫子露出不滿的表情。

雖然我說很簡單，不過假如當時我也在現場，恐怕同樣會被誤導。但由於我是間接聽莉莉忒雅描述，而能夠客觀思考的。

「其實凶手一直都在房間裡啊。」

「要是那樣做不就馬上會被發現……啊，說得也是。」

莉莉忒雅反駁到一半，立刻理解。

「這確實是很簡單的事情。我太失敗了。」

「對，當雨瀧慌慌張張解開門鎖確認房內狀況的時候，房間裡濃煙瀰漫，視野非常差。而凶手就是躲在那片濃煙之中。雖然說，我想他應該最起碼有躲在床下之類的啦。」

「而且正常來想，如果打開門見到那樣的狀況，一般人都會猶豫不敢進入房間，應該會先離開去叫人來幫忙才對。」

「像雨瀧就真的離開現場去叫人了。凶手大概就是趁這時候逃出房間的吧。」

「手法我明白了。可是如果雨瀧小姐那時候沒有經過附近又會怎麼樣呢？被濃煙包圍的凶手自身應該會很危險吧？」

「不，剛好相反。本來凶手並沒有要製造密室的打算。然而在他離開六〇六號房之前就被雨瀧察覺了異狀，所以凶手應該反而很慌張吧。」

「可是只要有煙露出去到走廊，就算沒有雨瀧小姐，應該還是隨時可能被人發現才對。這樣風險太高了吧？」

「凶手是挑選了一個被人發現的風險很低的時機。妳回想看看，飯店裡多數的人當時都在什麼地方？」

「……原來如此，大家聽見鳥保導演的叫聲，都聚集到一樓大廳去了。」

「對，人們的注意力全都集中在那裡。可是只有雨瀧因為正在檢查漏雨狀況而漏掉了。」

整起事件對於兇手來說有很多驚險的部分，然而他卻能夠靠臨場反應撐過那些局面，實在厲害。光是這樣，就能從中感受他無論如何都想要達成犯案的某種類似執著的心境。

「狗頭門僮撐過這樣的意外狀況，將計畫切換為譬喻殺人的手法。礙事的偵探也已經解決，想必接著準備要進入最終階段了吧。」

貪求之徒沉水底。

不軌之徒落虎爪。

接下來少說還有兩個人要被殺害。

「我們必須加快行動才行。呃～所以說……莉莉忒雅，我有件事想拜託妳。現在，就在這裡。」

「有事拜託……朔也大人，難道說……」

「對，沒錯。」

「不……不要呀，朔也。」

莉莉忒雅往後退下。

我則是躺到冷凍室的地板上，鼓起勇氣對她請求：

「拜託妳切下我的頭，跟我的身體重新接起來吧！」

這輩子我還是第一次講出這種日文。

或許在冷凍室待了太久的緣故，莉莉忒雅的雙脣發青。而她很不甘心地咬起那對嘴脣，朝我瞪來。

「嗚……竟然偏偏叫莉莉忒雅做那種事情！」

「求求妳！我不想要這個身體啦！」

我忍不住把真心話講出來了。

□

「哎呀~自己真棒！」

或許要歸功於切斷後立刻接上的關係，這次復活比原先預想的還要快了許多。

我有如在享受久違的身體般緊抱自己。

「謝謝啦，莉莉忒……啊。」

我帶著興奮的心情轉頭看向莉莉忒雅，卻發現她眼眶中竟然含著淚光！

「嗚……這下……莉莉忒雅也加入殺人犯的行列了……背負偵探殺手的汙名……」

「講、講得太誇張了啦。這是一種救命治療喔？是在同意之下的醫療行為喔？」

「砍斷朔也脖子時的觸感……還留在手上……嗚嗚……這種事情……莉莉忒雅絕對不想做的說……好過分的人……人家討厭你！」

她最後雙手遮臉，真的哭出來了。

「啊哇啊啊啊！對不起！對不起啦莉莉忒雅！我並沒有想要害妳背負那種重擔的意思！對不起對不起！」

搞砸啦！

我慌慌張張地跑過去，把莉莉忒雅抱得雙腳懸空，對她道歉了二十次以上。

莉莉忒雅是個堅強的女孩。

確實她在各種意義上都很強。個性冷靜、腦袋機靈又精明能幹。

然而正因為如此，我偶爾會忘記她同時是個楚楚可憐的女孩子，而不小心讓她承受各種負擔。

「妳瞧，我現在什麼事都沒有了！脖子的傷口也治好啦！」

我竭盡所能地表現出俏皮的態度，完全變得像個在哄自己小孩的父親了。

「這都要歸功於莉莉忒雅精湛的刀工，像妳切魚的技術就很棒啊！」

為什麼我越是努力把話講得幽默一點，聽起來就越顯得輕浮了？

莉莉忒雅擦掉眼淚後，把表情冷淡的臉別開。

啊啊，這狀況很不好。

通常她如果原諒我的時候，都會在最後聽到她那句招牌臺詞「好笨的人」才對，可是這次她卻沒說。

這下看來我必須事後找個時間，拿出誠意好好道歉才行了。

不過在那之前……

我「啪！」一聲用力拍打自己的臉頰。

「莉莉忒雅，很抱歉又要繼續拜託妳另一件事。可以去請趙先生到我房間來嗎？畢竟我現在就像這樣，全身破破爛爛的，所以要先回房間去換個衣服才行。」

「……我明白了。但是請問要用什麼理由請他過來呢？」

「就告訴他偵探復活了吧。」

□

回到房間後，我脫下燒焦的衣服，打開莉莉忒雅帶來的行李箱。

「換穿衣物、換穿衣物……」

用遙控器打開房間的電視後，我翻找著行李。

「這是……牙刷啊。紅藍兩支……這是……莉莉忒雅換穿用的褲襪。嗯？這盒子是什麼……？人生轉世遊戲？莉莉忒雅原來自己也有帶這東西過來想玩啊。算了，這不是重點。現在要找的是換穿衣物、換穿衣物……嗯？這是……書？」

不對，這是莉莉忒雅的日記。啊，我好想看看裡面寫什麼。

「不行！唯有這種事絕對不可以！啊。」

我為了驅趕邪念而用力甩頭，結果不小心讓日記本從手中滑下去。多虧如此，它掉到地板上攤開了。

○月×日

今天要跟朔也兩個人去外面住宿。

必須精心挑選行李才行。要帶什麼呢？

朔也的衣物、朔也喜歡的點心——

然後既然機會難得，要帶桌上遊戲過去嗎……？

他會願意一起玩嗎？只要很自然地約他玩應該就沒問題吧。

話說回來，必須在這裡告解一件事——

事務所會漏水，其實是莉莉忒雅抓老鼠抓得太熱衷，不小心讓天花板開了一個洞的。

莉莉忒雅沒有惡意。沒想到丟出去的刀子竟然會刺破水管呀。

對不起喔，朔也。

「……」

我什麼話也講不出來，只能默默把日記本闔上。

妳不需要道歉的，莉莉忒雅。我剛才也害妳哭啦，所以就算扯平了吧。

「……好像一點也不算扯平啊。」

我接著總算找到衣服並穿起來，把釦子一顆一顆扣上。

電視上正要開始播報早晨新聞。

已經到這個時間啦？

首先是大雨特報。關東地區的雨勢終於要逐漸減弱的樣子，太好啦。

接著是演藝明星吸毒的報導。最近真多啊。

然後——是世界上相繼傳出囚犯越獄的新聞。

報導表示世界各國戒備森嚴的監獄，陸續發生了涉及重大犯罪的囚犯們越獄的事件。據說是相關人士在社群網站上發表的文章使得這件事實曝光的。新聞內容聽起來簡直就像騙人的一樣。

「據調查，最初的越獄事件發生在去年。以這起事件為開端，研判至今日為止有多名囚犯已經逃亡。」

美女主播念著這樣令人感到不祥的新聞稿。

「目前各國警方都在持續搜查，但依然沒有掌握到任何線索。」

房門忽然用力打開，讓我的注意力從電視被拉回現實中。

是百合羽站在門口。

「師……師父……？」

站在她後面的莉莉忒雅接著開口：

「我去請趙大人過來的途中經過百合羽大人的房間，想說順便也告知她一聲比較好。」

請問是不是太雞婆了——莉莉忒雅說著，有點冷淡地把臉別開。

「沒關係，莉莉忒雅。謝謝妳。」

我在內心深深感受著莉莉忒雅善良的心地。

百合羽則是愣著表情直盯著我瞧，接著就像從傷口稍遲一些才滲出血來一樣，她的眼眶逐漸湧出淚水。

「你真的……還活著……嗚……師父～！」

感情終於撐不住而潰堤的她，衝過來撲到我的胸膛上。

「人家以為你死掉了呀——！嗚哇哇哇～！因為都斷掉了……師父的頭、都斷掉了！人家想說肯定沒救了……！嗯？應該有斷掉吧？」

「沒有啦，就差一層皮沒斷掉。真的是超驚險的。」

我為了想辦法緩和氣氛而開了個玩笑，結果百合羽一瞬間露出思考的表情後，又再度嚎啕大哭起來。

「這個愛胡扯淡的態度……真的是師父呀！」

「……很抱歉害妳操心了。」

「就是說呀……名籤先生遇上那種事情……然後連師父都死翹翹了。所以我……眼前都變得一片黑暗……！嗚嗚……混帳東西！給老娘道歉呀！嗚哇哇哇～！」

當一個人腦袋陷入混亂的時候，似乎連平常不可能講的話都會破口而出的樣子。

但這也不能怪她。百合羽的經紀人被殺害了。雖然我不清楚他們做為演員和經紀人之間究竟有什麼樣的關係，不過至少可以確定跟一個陌生人被殺害是完全無法相提並論的事情。老實說我個人對於名籤並沒有什麼太好的印象，但也不表示他被殺掉無所謂。

我體會著百合羽捶打我胸口的痛楚並望向打開的房門，看到了稍遲而來的趙老翁以及雨瀧。

「嚇死老夫了……你居然真的活著。」

想當然，那兩人都露出彷彿撞見幽靈的表情。

我讓總算平靜下來的百合羽坐到床上，並走向雨瀧。

「雨瀧，妳也跟過來啦？」

「因為雨瀧小姐剛好也在趙大人的房間。我向他們解釋完狀況後，她表示無論如何都要跟來……」

「這樣啊。總之，雨瀧，如妳所見，或許難以置信，但我就像這樣還好端端地活著。我猜大概是莉莉心雅發現我的時候情緒錯亂，所以向大家描述得太過誇張了而已。」

「阿朔，真的是你？」

「真的是我啦。妳要不要摸摸看，確認一下？」

雨瀧的個性比起一般中學生來得早熟很多，總是喜歡調侃年紀比她大的我。所以我想這次她應該也會囉囉嗦嗦問一堆，然後笑我是什麼喪屍或活死人之類的。可是——

「太好了……你沒事。真的、太好了……」

她竟然出乎預料地做出很普通的反應，甚至眼眶含淚，對我露出慈愛的微笑。

「我還以為……你死掉了……」

不只如此，她竟然還把手繞到我腰上緊抱住我。

「原、原來妳在為我擔心啊？」

實在太意外了。那個老愛鬥嘴的小惡魔竟然會這樣。

然而她本人好像完全不懂我為什麼會如此驚訝，輕輕吸了一下鼻水。

「呃……我當然會擔心呀。為什麼這樣問？」

愣著一張臉的她看起來就像個小孩子一樣，很可愛。

不對，她本來就還是個小孩子啊。

「沒事，說得也對。聽說自己認識的人死掉了，正常來講都會擔心嘛。」

「才不是認識的人，是朋友好嗎？」

「……說得對。抱歉。」

在雨瀧這樣單純的疑問下，我這才注意到自己在認知上的差異。看來我在毫無自覺之中，已經對死亡開始感到習慣了。

雖然很可怕，雖然很痛，但死亡也不是什麼需要那樣大驚小怪的事情——我似乎在腦袋的某個角落逐漸有了這樣的念頭。

可是仔細想想就知道，對於一個不知情而被遺留在人世的人來說，人的死亡是很重大的一件事。搞不好還會成為一輩子的傷痛。只要面臨到預期之外的死亡，不論是誰都會情緒紊亂，難以保持平常心。我以前也是這樣。

「雨瀧，謝謝妳。可以讓我抱抱妳嗎？」

「既然是阿朔，可以呀。一次一千塊，用行動支付也行喔。」

「至少讓我用累積點數……」

「不行。」

如此破涕為笑的她真的惹人憐愛。

「你究竟為什麼可以安然無事地站在那裡，老夫難以想像。但既然你還活著，那就是如此了。老夫接受現實。」

趙老翁望著我們這段重逢儀式，並坐到房間裡的椅子上。

「從前在這條街上的混混之中，也有幾個明明人家都說已經死了，後來卻忽然跑回來的傢伙。」

真是了不起的度量。老江湖萬歲。

「然後呢？才剛復活的偵探找這老頭子有何貴幹？」

「我有事情想要請教您。」

「哦？老夫還以為你劈頭就要說『你就是凶手』什麼的。」

「不敢不敢。我只是想要向您詢問一下，關於這間飯店在二十年前發生那椿家族殘殺事件的內容。」

一聽到我口中冒出這樣恐怖的發言，百合羽和雨瀧都頓時變得表情困惑。趙老翁原本銳利的眼神則是變得更加鋒利，朝我瞪來。

「……你聽誰說的？」

「我只是偶然聽到一點風聲。據說有一家人遭到殘殺的樣子，而當時趙先生應該也在這裡吧？就像今晚這樣。」

「……沒錯。」

老翁彷彿在回憶昔日的景象般，抬頭望向虛空。

「但是你難道要主張那個跟這次的事件有什麼關係嗎？」

「當時的凶手……該不會就是這麼被人稱呼的吧？——『狗頭門僮』……」

他抬頭仰望的視線搖盪了一下。

「為何你會這麼認為？」

「因為昨天您在大廳的反應看起來似乎知道這個名字，所以我猜想了一下。」

「……哼。在這種狀況下要是跟你含糊其辭結果被你無端猜疑，老夫也會受不了。要告訴你也行，但這可不是什麼聽起來舒服的故事喔。」

「感激不盡。」

「那事件發生在跟這次一樣的大雨之夜。大家都無法去外面，只能被關在這裡。然後當時在這裡長期住宿的一家四口接連遭到殺害了。」

「四個人……」

百合羽忍不住如此呢喃。

「請問那家人是什麼樣的人物？雖然這樣講很失禮，不過一家人會在這間飯店長期住宿，感覺有點奇怪。」

「確實，那並不是普通的一家人。他們當時正遭人追捕——被一群稱不上是正道的組織分子們。」

「也就是據傳當時在這一代勢力龐大的幫派嗎？」

「應該吧。似乎是那家人的爹闖了什麼禍還是搞什麼背叛的樣子。」

「……請問他們是怎麼被殺的？」

趙老翁頓時露出一副「你連這都要問？」的表情。

「老夫看雨瀧跟你很親才信任你，但你這人心腸也是夠狠。哼，當時可悽慘了。丈夫、妻子、長男長女，每個人都被砍得全身是一條條的傷痕……那模樣簡直就像……」

「就像被牙齒銳利的野獸咬死的一樣——對嗎？」

「……對，沒錯。正是如此。像最初受害的長男遺體被發現時，當時還年幼的老么次男就大聲嚷嚷著『哥哥被一隻恐怖的狗咬死了』這種話。老夫一開始也懷疑自己聽錯……但那孩子似乎有一瞬間目擊到凶手的樣子。」

「他看到了？」

「看到了。那傢伙……有著一張狗臉。」

趙老翁就像講出了什麼令人忌諱的東西般，把頭別開。

「那種人……簡直是妖怪嘛。」

雨瀧這個感想我非常可以理解。

「不，那並不是他真正的臉。實際上是戴著一頂不知從哪兒找來的野狼面具，遮住自己真正的容貌。雖然說，這是當他被警察帶走的時候才知道的事情。」

「啊，原來有把凶手抓到了呀。」

明明在講的是已經二十年前的事件，百合羽卻還是露出鬆了一口氣的表情。

「是啊，當時有個偵探冒出來插手調查，最後痛快地解決了事件。」

有個偵探……？不，應該沒這麼巧吧。

「到頭來整起事件犧牲了四個人，只有老么奇蹟生還了。」

「原來如此。話說那位凶手，果然就是來自幫派的追兵嗎？」

「錯了，不是。那是跟幫派毫無關係，很普通的……一名男子。但他似乎每殺一個人就被什麼東西附身，不知不覺間變得一點也不正常了。根本沒有什麼動機，就是個單純的殺人魔。」

為什麼那家人要被殺掉才行——這並不是現在要思考的問題。總之就是曾經有過這段事實。

「那凶手後來如何了，老夫也不曉得。可能被判死刑了，也可能現在還關在牢中。因為老夫不願再想起，所以也沒去注意後續的新聞報導。不過即便事件結束後過了好一段期間，這街上的人們還是會談論那凶手的事情。然後不知從何時開始，小九龍的人們變得會在私底下稱呼他為──狗頭門僮。」

一口氣講到這邊後，趙老翁深深嘆氣。有如放下了什麼重擔一樣。

「從那之後過了二十年……老夫本來以為不會再聽到那名字了。」

「所以在進行拍片準備的時候您不經意聽到那名字，肯定感到非常驚訝吧。」

鳥保收到的那封來自狗頭門僮的恐嚇信。

「是啊，對於街上知道當年狀況的人們來說，狗頭門僮是個連講出口都很忌諱的名字，更不會隨隨便便對外人透露。可是……」

本來只會在這個地區的居民之間祕密流傳『狗頭門僮』這個俗稱──卻有人利用這個名義向鳥保導演寄了一封恐嚇信。換言之，過去曾經住在這座城鎮的什麼人是凶手的可能性很高。

「師父，那也就是說這次的凶手……在模仿二十年前那個凶手嗎？」

「百合羽說得沒錯，這是模仿犯。」

望向窗外，東方的天空逐漸開始變得明亮。

相對地在西側的稍遠處，可以看到一座摩天輪的影子。那是一處名叫水島園的古老遊樂園裡的遊樂設施。那個遊樂園我只有小時候去過一次，也有搭乘過那座摩天輪的記憶。它被人們稱為日輪摩天輪，長年來是附近街景的一部分。

然而水島園在去年已經結束營業，包含摩天輪在內的園內設施也聽說會在今年內拆除。

時光無情而著實地流逝，對任何人都是平等的。

即便是狗頭門億，也逃不過時間的流動。

大雨已停。

不久後警方就會抵達。

那傢伙已經沒有時間了。

就在這時，從走廊傳來有點騷動的聲音。

我們相覷一眼後走出房間，見到攝影團隊的幾名工作人員正帶著傷腦筋的表情在走廊交談。

「請問怎麼了嗎？」

我上前詢問，結果一名女性工作人員回應「我們找不到人呀」這樣一句話。

「半夜的時候名籤經紀人不是遭逢不幸嗎？所以我們到導演的房間想確認剩下預定的拍攝進度要怎麼辦，可是……」

「他不在？出去外面了嗎？」

「不只是這樣。剛才我們看了一下，隔壁房間的丸越先生也不在。因此現在正一間一間叫醒其他工作人員，準備去找人……」

「丸越先生也不在？兩個人跑去哪裡了……？」

就在我陷入思考時，百合羽「呃……」地微微舉手。

「搞不好……那兩人是去預先查看拍攝預定地。因為那個……我聽到了。昨晚發生殺人事件引起大騷動的時候……導演有小聲呢喃。」

「呢喃什麼？」

「『怎麼可以屈服於這種妨礙行為，我絕對不會停下膠卷』……這樣。」

「那個人……果然打算把電影拍到最後啊。就算正在發生殺人事件。」

「導演似乎真的把一切都賭在這次的作品上……變得有點意氣用事了。畢竟在飯店的預定拍攝場景只剩下一幕，所以無論如何都想把它拍完吧？」

「在這種狀況下還想拍片……簡直是電影瘋子了。」

雨瀧在後面發出傻眼的聲音。

雖然我不曉得那樣做究竟正確與否，但可以確定鳥保導演的執著真的很強烈。

「剩下那一幕的拍攝地點在哪裡？」

「呃……我記得是飯店的最頂層。導演或許是跟丸越先生直接去現場進行討論了吧？你想，畢竟到早上忽然放晴了，所以他們可能覺得如果要拍就要趁警察還沒來之間趕快拍完……之類的。」

百合羽這項推測搞不好很正確。

「順便問一下，最後要拍的是什麼樣的場景？」

「就是丸越先生飾演的角色要從最上層的窗戶跳出去的動作場景。像這樣，為了保護我破窗而出，和凶手一起『磅——！』地跳出去。」

她描述著，把雙手伸向眼前。

「然後就是他掉落到正下方的一座池塘中，驚險獲救的劇情……啊，當然動作場景本身是替身演員先生會上場，而且也不是真的掉下去，而是鋼索特技。」

「……池塘？有那樣的東西？」

我忍不住看了百合羽一眼後，想一想又把視線轉向趙老翁。

「有，後院有一座老夫的爹挖的古池子。」

「而且還有領主棲息喔。一隻烏龜。」雨瀧補充說明。

「這麼說來，他們有拜託過老夫讓他們在那池子拍片啊。」

池子——水……

「那座池塘該不會……在飯店北側？」

「阿朔猜得真準，好有偵探的樣子呢。」

「不妙！」

譬喻的條件湊齊了。

我立刻拔腿衝向樓梯。

「啊！師父你要去哪裡？我、我也一起去……！」

「百合羽待在這裡！莉莉忒雅！我們快走！」

我對準備跟過來的魯莽徒弟警告一聲後，奔上樓梯。

啊啊，果然還是自己的身體最靈活。

第四章　是 crank up 的時候了

當我趕到最上層時，現場已經準備好了。

不是拍片現場——是殺人現場。

我站在飯店北側長長的走廊入口。

熊、駝鹿、狐狸、水牛——

走廊兩側的牆壁上掛有各式各樣的動物頭部。

而鳥保導演和丸越就在走廊的最深處。兩個人站在窗邊，望著外面似乎在討論什麼事情。

窗戶敞開，潮溼的風吹進屋內。

他們還沒有注意到我這邊。

「呼……呼……師、師父……你、你等我！人家好歹……也是徒弟……呼啊——！」

遲來的百合羽從樓梯探出頭來。她雖然跑得上氣不接下氣，到頭來還是跟過來了。我明明叫她別來的說。真的是個像狗……像小狗一樣的女孩。

「既然來了也沒辦法。但是妳待在這裡別動。」

「可是……」

「這是師父的命令。」

「嗚……汪！」

終於連狗叫聲都冒出來了。

「不、不對！剛才那是『我知道了』的『我』和『人家不要這樣！』的『樣』混在一起了！」

「為什麼可以把完全相反的兩句話混在一起啦！」

「這就是複雜的少女情懷呀……嗚嗚……我乖乖待在這裡就是了……」

沮喪的百合羽還沒回應完，我已經邁步走向前方那些人。莉莉忒雅也緊隨在我斜後方。

霎時，我看見他們其中一人準備做出行動，於是立刻大聲說道：

「貪求之徒沉水底──是不是？」

我的聲音響徹整條走廊。

站在窗邊的導演與演員──以及若無其事地站在那兩人背後的替身演員白鷺翔，三個人同時把頭轉過來。

他們一見到我活著走動的模樣，異口同聲地發出驚訝的聲音，表情簡直就像見鬼了一樣。

「我在對你講話啊。」

我說著，筆直地伸出手指。

「白鷺翔先生，不，狗頭門僮。」

三人之中尤其是翔的臉上帶著特別錯愕的神色。

我能理解他的心情。他內心肯定想這麼說吧——

——為什麼你會活著？我明明確實把你殺掉了。

所以我要對他這麼說：

「差不多該是 crank up（註3）的時候啦。」

「朔也大人，你這次的臺詞也是遜到家呢。」

莉莉忒雅果然還是不喜歡的樣子。

要讓她滿意還真難啊——我一邊如此想著，一邊繼續往前走。

「阿翔，你剛剛在那裡做什麼？在我眼中看起來，你似乎打算把丸越先生從窗戶推下去喔？」

註3　殺青。和製英語。

對於如此追究的我，導演和丸越紛紛說道：
「朔、朔也同學……？你、真的是朔也同學嗎！這究竟是……」
「我聽說……你應該被殺掉了才對啊……咦……？」
「導演，還有丸越先生，不好意思害你們操心了。不過如你們所見，我現在活得好好的。雖然有到地獄稍微逛了一下，不過也因此看到了事件的真相。」
「呃……？你在講什──」
「因此現在還請你們在旁邊稍待片刻，我跟那位替身演員有些話要說。」
我和翔之間的距離已經到三公尺以內，但我依然沒有停下腳步。
「阿翔，那扇窗戶下面有一座池塘對吧？要用來當成譬喻真是絕佳的地點呢。」
「哈哈哈。朔也，你在講什麼事情啊……？」
「就是門僮的工作啊。」
「話說你……不是死了嗎？」
笑容從他臉上消失了。
「應該說『不是被我殺了嗎』才對吧？」
哎呀，要說死了也沒錯啦。
「什麼被我殺了……朔也，你難道想要說我就是那個什麼狗頭門僮嗎？」
「沒錯，寄恐嚇信給鳥保導演，殺害名籤先生，又攻擊了我的人就是你。」

「不……不不不，你在胡說什麼……」
「當名籤先生的房間失火的時候，你人在哪裡？」
「咦？那時候……因為大廳傳來騷動聲，所以我也跟大家一起到那裡去了……」
「真的嗎？由於發現屍體而陷入一片騷動的那時候，有人能夠正確記得現場有誰在有誰不在嗎？當你躲在濃煙中逃出六〇六號房之後，應該是躲回了自己房間吧？然後再估算時機出來，跟在百合羽後面，若無其事地返回六〇六號房。」
「這……全都只是你的想像而已吧。」
嗯，我本來就不奢望他會老實承認了。
「對我來說，光是剛才目擊到你試圖從背後把丸越先生推下去的瞬間，我就已經能確定凶手是你了。但既然你這麼說，就姑且來確認一下吧。」
「確認什麼……」
「阿翔，你可以把上衣脫掉，讓我看看你的背部嗎？」
「咦……？」
「先講清楚，我並不是對你的上半身有什麼特別的興趣喔。」
「你叫我脫……到底要幹什麼？簡直莫名其妙……但反過來講，這樣就能證明我是無辜的對吧？小事一樁！」
翔說著，豪邁地脫掉身上的T恤，把背部轉向我。很有替身演員風格的結實背肌展現在我眼前。

「然後，這樣又如何？」

不出我所料的東西就在那背上。

「朔也真是的……」

莉莉忒雅看到那東西，當場嘆氣。

「阿翔，果然你就是凶手沒有錯。」

「我就說你為什麼可以那麼篤定啦！難道我背上寫說我就是凶手嗎？」

「嗯，沒錯。」

「啥……？」

一直站在旁邊觀望的鳥保與丸越似乎也感到好奇地探頭看向翔的背部。

「這、這是……？」

在他背上可以看到一片抓傷。傷痕明顯，而且呈現某種圖案。

「這是追月朔也的獨創簽名啊。」

乍看之下只是普通的紅腫抓痕。有如蠕動的蚯蚓，看起來像奇妙的圖紋。不過，那正是我親手用指甲抓出來的東西。

「在我背上？怎麼會！是什麼時候……！」

「你忘了？就是昨晚阿翔對我施暴的時候。」

「是那時候……！啊！」

他這個反應本身就等於自己招供了。

當柳葉刀貫穿我的腹部，兩個人身體緊貼的時候，我把手臂繞到他的背後掙扎抵抗。

「我當時可是擠出最後的力氣拚命留下那個簽名的。哎呀，幸好我有苦練過。」

這個獨創簽名，是我從小學的時候就一直在練習的東西，即使閉著眼睛也能毫不出錯地簽完。

那就是當我臨死之際留下來給將來的我的死亡訊息。

是辨識凶手用的記號。

「我再說一次。阿翔，凶手就是你。」

在我如此宣告的同時，又從屋外吹進一陣風，讓他手中的T恤掉在地上。

「雨停了，警察很快就會到來。或許你是想要趕在那之前把事情辦完，但你辦不到。我不會讓你辦到。」

鳥保導演退到走廊角落背靠著牆壁，盡可能與翔拉開距離。丸越更是把導演當成肉盾，躲在他的後面。

「白、白鷺……原來是你嗎……？寄恐嚇信的，殺人的，都是你？為什麼？」

「唉～」

虛假的乾燥嘆氣聲——是從翔口中冒出來的聲音。

「……這麼說來，我才覺得背後怎麼好像有點癢癢的……居然給我留下這種記號啊……難得我躲在幕後演得很精湛的說……朔也，拜託你不要隨隨便便把幕後人員拖到舞臺上來啊。」

這下我構築的推理內容徹底獲得證實。但是還有一點我怎麼也想不透，就是動機。

「你是為了什麼目的幹出這種事情？」

金錢問題嗎？感情糾葛嗎？對職場欺凌的報復嗎——

但這些問題我認為都不足以構成讓人想要接連殺害拍片關係人的理由。

「髒死了啊。」

「什麼？」

「名籤也好丸越也好導演也好……都髒得可以。都不是商品啦。都不是棋子啦。可是每個人都只會顧著自己、自己！我、我！腦袋裡就只裝著自我滿足，只想著自己被稱讚，而且又毫不掩飾內心的勃起，用那種都是口水臭味的下賤眼神一直看……怎麼可以放心交給這種傢伙？光是呼吸同樣的空氣都讓人受不了。只有我。我……我、我！只有我能夠映照出真正的美麗、尊貴、幽幻與真實靈魂的鮮豔啊！」

「……阿翔？」

我完全聽不懂他究竟在講什麼。對了，因為他的發言之中完全漏掉了受詞。

「只有我啊啊啊啊！」

他放聲大叫的同時，突然把掛在一旁牆上的狐狸頭部標本扯下來，粗暴地戴到自己頭上。

白鷺翔不再是個人類，而變成了欺騙人的狐狸。

變成了狗頭門僮。

對，狐狸也是犬科動物。

「那個裝扮就是你內心的開關嗎？為了成為第二代狗頭門僮的開關。」

聽到我這句發言，狗頭門僮頓時停下動作。假如那對耳朵不是標本，恐怕就會轉朝我的方向吧。

「白鷺翔，你知道二十年前在這間飯店發生過的家族殘殺事件對不對？不只如此，你還知道當時的凶手被人稱為狗頭門僮的事情，甚至連他是以什麼恐怖樣貌犯行的都知道。在知道之下，進行模仿。你該不會——」

在講出接下來這句話之前，我深呼吸一口氣。

「二十年前那個悽慘的夜晚，你也在這間飯店對不對？」

他的年紀大約二十五歲上下，事件當時是五、六歲左右。

「我記得當年那起事件中，只有一家之中最年幼的小孩一個人獲救……」

鏘——

一個冰冷的聲音打斷了我的話。

狗頭門僮右手上裝著一個原本不知預藏在什麼地方的東西。

那是稱為「鉤爪」的一種暗器。有四根平行的銳利鐵爪，綻放出黯淡的光芒。

這也是他在這間飯店找來的東西是吧。

雖然我不曉得他把殺死我的凶器——柳葉刀藏到哪裡去了，不過這次換成用鉤爪啊。這男人真的會巧妙使用各種道具，感覺很有野外求生的才能。

「原來如此。不軌之徒落虎爪——雖然有點草率，但那就是第四句——用來譬喻最後一句訓示的殺人道具是吧。」

也就是說，他原本計畫在這裡把剩下兩樁殺人行動同時完成的意思。

「但如今真相已經曝光，你就算訴諸武力也沒有意義了。乖乖放棄……嗚哇！」

我話還沒講完，他的爪子就冷不防地砍過來。我趕緊把身體往後一仰躲開，真是千鈞一髮。

「好、好險……嗚咕！」

狗頭門僮緊接著使出一記迴旋踢，正中我的側腹部。

我當場聽見粗壯的骨頭被折斷的聲響。身體隨之飛向旁邊，撞到牆壁後摔落到地板上。

渾蛋！痛死了痛死了！開什麼玩笑。要是沒其他人在看，我早就發出慘叫嚎啕大哭起來啦。

雖然我早有一絲預感，但他果然完全沒有要被我說服的意思。

他如今已沒有退路。只能背水一戰把眼前的偵探再次殺掉，然後強行殺死丸越和鳥保。那是一種自暴自棄的行動嗎？抑或是基於信念的行為——

從那張獸臉上，我已經看不出翔的真意。

「師父！」

「百合羽……別過來！快離遠一點……」

我伸手制止面色發青的百合羽。就在下一秒，從我口中吐出大量鮮血。大概是折斷的肋骨刺傷了肺吧。

現在想想，狗頭門憧既然是個替身演員，那樣驚人的體能與戰鬥能力也就可以理解了。

他為了進一步追擊倒在地上的我，用側翻的動作高高跳起，從正上方朝我的喉頭刺出鉤爪。

「嗚……！」

在這種狀況下，什麼推理、洞察、詭計或不在場證明都沒有意義。

我只能努力讓自己不要被殺掉。

雖然只有這樣——但是面對再過零點幾秒就襲來的凶器尖端，如今再怎麼努力也沒用了。

「既然如此！」

所以我放棄努力，決定像昨晚一樣把自己的身體當成陷阱，故意讓爪子深深刺進身體中，阻止對方的行動。只能這麼做了。

「休想得逞。」

然而有個人物從旁介入戰局，使我的命運在零點幾秒之中翻盤了。

是早已跳躍起來的莉莉忒雅，到達與狗頭門僮同樣的高度，有如把對方剛才做過的事情以牙還牙似地朝他側腹部踢出犀利的一腳。

充分將自身體重化為力道的足技，讓狗頭門僮的身體朝側面飛去，撞破了九二三號房的房門。

在一片塵埃飛揚中，莉莉忒雅雙腳著地。裙襬也稍遲一些飄飄落下。朝陽映照出她楚楚可憐的模樣。

「你太大意了，朔也大人。」

「武打動作不是我的拿手領域啊。總之……謝謝妳啦，莉莉忒雅。」

我雖然故作逞強，但還是忍不住咳嗽。

「不，要道謝還太早了。沒有管教的狗子，必須好好教訓才行。」

莉莉忒雅站在好不容易起身的我前方，發出比平時低沉的聲音。

「莉、莉莉忒雅……妳在生氣？」

「我並沒有生氣。我只是對於那隻狗不但殺害朔也大人，把遺體當成譬喻殺人的道具加以利用，甚至又想當著我的面再度殺害你的事情，感到有點不爽而已。」

那不就是所謂的生氣嗎？

而且那個生氣的矛頭是不是對著我啊？——我本想接著這麼問，但是作罷了。

狗頭門憧應該很強。不，他確實很強。我親身體認過，他恐怕很擅長於某種格鬥術。

然而就這點來說，莉莉忒雅也不會輸。如果在這個領域上，她肯定不會輸。

我這時眨了一眼。結果就在那瞬間，鉤爪劃破塵埃襲向莉莉忒雅。

殘酷的銳利尖爪，卻只是劃了個空。

莉莉忒雅已經不在那裡了。

狗頭門憧的身體一晃，發出呻吟。

莉莉忒雅早就壓低重心，讓身體旋轉半圈的同時順勢踢出右腳。而那一腳不偏不倚地踹在對手的側頭部。

真是漂亮到令人嘆為觀止的迴旋踢。

「這叫 Meia lua de compasso。」

「梅阿……這樣啊！太帥氣啦，莉莉忒雅！」

雖然她似乎很親切地告訴了我招式名稱，但恐怕我一輩子都記不起來。

本來以為勝負已分，但狗頭門僮竟像怪物一樣耐打。他即使多少有些搖晃，依然左右揮甩著鉤爪攻擊莉莉忒雅。

莉莉忒雅則是用輕盈的腳步接連閃避。

行如蝶，飄如蜂。這是老爸講過的話——而莉莉忒雅正符合這樣的形容，難以輕易捕捉。

然而就在這時，狗頭門僮的目標已經轉移到其他地方了。他不理會拉開距離的莉莉忒雅，猛然朝樓梯的方向衝去。

「想逃嗎……！不行，那方向不妙！」

這條走廊是一直線，而在前方——是百合羽。

被逼到走投無路而發飆的狗頭門僮難以預料會幹出什麼事。果不其然，他一察覺百合羽的存在，就明顯對百合羽做出了反應。

我趕緊拔腿衝去。

「啊……！」

百合羽嚇得連叫聲都發不出來似地往後退下，狗頭門僮接著朝她出手。

來不及了！

「嗯？這不是阿朔嗎？這是怎麼回事？是什麼意思？」

就在逼近到百合羽剩下一公分的地方，狗頭門僮的手停了下來。

是突然悠悠哉哉出現在百合羽背後的一名男人，伸手緊緊抓住了狗頭門僮危險的手臂。

「你昨晚說在找的大野狼就是這個人嗎？怎麼看都應該是隻狐狸啊。」

那男人——漫畫家哀野泣還是老樣子駝著背，若無其事地如此說道。

「哀、哀野先生！為什麼你會在這裡……」

「嗯？因為我聽到吵鬧聲，想說發生什麼事了。我的房間就在那裡嘛。」

這裡是飯店最上層。這麼說來他就是住在這一樓啊。

「哀野先生，那傢伙很危險！快遠離他！」

這次換成沒有關係的哀野危險了。發飆的狗頭門僮散發出誰敢礙事就可能無差別攻擊的獸性。

漫畫家細瘦的手臂，那傢伙恐怕會一口咬斷，試圖逃亡。

「……嗚！」

然而一反我的預想，狗頭門僮不知為何明顯地繃起身體，叫了一聲後甩掉哀野的手，自己拉開距離。

這究竟是怎麼回事，我看得一頭霧水，但現在也沒閒暇讓我思考。
我趁著狗頭門僮全身僵住的機會，衝過去擒抱他的身體。
抓住了。這下我絕不放手。就算他再怎麼用爪子抓我，我也不會逃。
「莉莉！」
我拚了命大叫。
「莉莉忒雅在此。」
抬頭一看，她已經騎在狗頭門僮的肩膀上。
兩腳夾住狗頭門僮的獸臉。
「這就是、crank up 的時候了。」
耀眼的大腿霎時躍動。
莉莉忒雅將全身用力扭轉，把對手的頭重重砸在地板上。
聲響嚇人，彷彿整棟飯店都被震盪了。
狗頭門僮當場四肢一癱，停下動作。
勝負已分。
「幹得好，莉莉忒雅。話說，妳不是覺得我那句臺詞很遜嗎？」
「……我只是不小心說溜嘴了。」
「好啦好啦。」

我憋著笑轉過頭去，和百合羽對上視線。她看起來沒有受傷。

「師父～！」

我抱住朝撲過來的百合羽並望向樓梯，看見漫呂木總算跟著攝影團隊的人們一起趕來現場了。

「逮捕！逮捕凶手！」

□

第二代狗頭門僮——白鷺翔被抵達現場的警察們逮捕，並帶離飯店。

「為什麼啊啊啊！是妳！妳只有把訊息送給了我不是嗎！妳就是我的天女啊！所以我才會為了妳！拜託妳注意到啊啊啊！拜託妳過來擁抱我啊啊啊！」

他直到被帶出飯店的那一刻，嘴上都不斷如此大叫。至於他口中的「妳」究竟是誰，在後來的調查中搞清楚了。

從白鷺翔的行李中找出了一臺小型的掌上攝影機，裡面存有許許多多的影片。內容看起來類似在記錄電影的拍片景象。

之所以講「類似」，是因為鏡頭實際上捕捉的對象始終都是同一個人物。灰峰百合羽。

她一直都在畫面的中央，鏡頭永遠只跟著她。彷彿在說——其他一切存在都沒有價值，這個世界只有自己透過鏡頭的視線以及百合羽而已。

然後拍下這些影像的攝影機在名籤的屍體被發現時，以及我的遺體在六〇六號房被找到時都繼續拍攝著。

見到名籤的腦袋被咬在龍嘴中示眾時露出恐懼神色的表情——

得知追月朔也遭人殺害而愣住，最後嚎啕大哭的一連串表情——

白鷺翔在不被任何人發現之下靜靜地、偷偷地、詳細地持續拍攝著灰峰百合羽。

他將灰峰百合羽擅自選角為自己這部扭曲作品的主演女星。

將灰峰百合羽當成商品對待的敗類經紀人。

接近灰峰百合羽的討厭男演員。

完全不懂應該如何正確拍攝灰峰百合羽的無能電影導演。

白鷺翔化為狗頭門僮，將周圍礙眼的配角們一一啃食、排除。

恐嚇信中寫到那句『把膠卷轉下去』，搞不好是他說給自己聽的一句話。

「二十年前，他的家族陸續被狗頭門僮殺害的那一晚，恐怕讓他內心喪失了什麼東西。雖然最後自己一個人獲救，但是心中欠缺的空洞，想必在不知不覺間被野獸棲息其中了吧。」

在飯店總算從偵訊調查中被解放的我，現在回到房間收拾著行李。

早已為了退房收拾好行李的莉莉忒雅，則是用端正的姿勢站在房門前等我。

「也就是說他試圖成為自己過去的心靈創傷、恐懼的對象是嗎？」

如果害怕黑暗，只要自己成為黑暗就行。如果害怕野獸，只要自己成為野獸就行。

「就這麼長大成人的他變得單方面依存的對象，就是百合羽了。」

白鷺翔對於百合羽堪稱異常的執著心——當然，警方也針對這點訊問過百合羽。

問她跟白鷺翔之間是否有個人上的聯繫，或者過去是否有發生什麼特別的事件成為讓他點燃心中慾火的契機。

然而被如此詢問的百合羽，始終帶著不安的表情這麼回答：

「不，我出道後接到第一份工作時……以前在別的拍片現場或許有見過面，可是我和那個人……沒有講過任何一次話。」

沒有什麼特別的事件。百合羽對於理由也沒有頭緒。

即便如此，白鷺翔還是讓他理想的女性住進了自己的妄想之中，空虛的心靈之中，培育情感。

而那份執著最終過了頭，不斷脹大而破裂了。

「雖然說，這些全都只是我的想像，並不是聽他本人說的就是了。」

「凶手已經落網。接下來的細節探求就不再是偵探的工作範圍。」

「也對，這次的事情就到此落幕吧。」

「還沒結束。」

「咦！」

出乎預料的反駁，讓我忍不住停下正在收拾行李的手。

莉莉忒雅一臉不滿地瞪著我。

「怎麼啦……？」

「聽好，從以前就有件事情很想跟你講了。」

「什、什麼事？總覺得妳的語氣好像有點凶啊。」

「朔也應該要更加珍惜自己的生命才行。」

這句出乎預料的發言，讓我忍不住眨了眨眼睛。

「生命……哦哦，那我當然是非常珍惜啦。我明白。」

「你一點都不明白。反正你肯定只是這樣想的對吧？——啊啊，又被殺掉了。

不過也罷，等一下就會復活了吧。」

「我沒有那樣想啦。被殺真的是很痛苦的一件事啊。」

「可是會復活。」

「是沒錯啦……呃，妳不講敬語沒關係嗎？」

「你閉嘴。」

我稍微耍了一點嘴皮子，結果卻被莉莉忒雅巧妙地把腳一絆，往後推倒。

就這樣很輕易地，我倒在床鋪上。

她接著跨坐我身體上，低頭俯視而來。

「呃、嘿……莉莉忒雅？妳別氣了嘛。」

「要是沒有復活過來怎麼辦？搞不好根本沒有下一次了呀。不，正常都是這樣的。生命只有一次。本來應該是這樣。所以不要輕易捨棄。不要拿來消費。不要隨便浪費。」

「這……妳說得是沒錯啦……」

「要不然，莉莉忒雅再怎麼保護你都不夠。總有一天會保護不了的。」

「莉莉忒雅……」

她俯視著我的表情根本一點也沒在生氣。只是很率直地為我擔心，為我著想，然後稍微有一點在鬧脾氣而已。

「可是朔也卻叫莉莉忒雅親手砍斷你的脖子……」

「對不起！關於那件事真的很對不起！」

果然，她還在為冷凍室的那件事情生氣。

© riichu

「我知道了。雖然幹這行的沒辦法絕對給妳保證，但我會珍惜自己的生命。也為了不要給莉莉忒雅添麻煩。」

畢竟我本來就對生命是很慎重的。不會硬闖燈號已經在閃爍的馬路，也絕對會站在月臺的安全線以內，也會注意不要枕北而睡。

「才不是……什麼麻煩呢。」

莉莉忒雅把手撐在我頭部旁邊，從我正上方看下來。垂落的纖細秀髮搔著我的臉頰。

「朔也，你明明……被殺了那麼多次……受過那麼多苦，為什麼還是沒有放棄當偵探？為什麼還想要繼續經營那個事務所？如果你不想死，大可以忘記一切，過著普普通通的生活呀。」

「因為那就是我們的家啊。」

我沒有花上什麼時間就如此回答。

「妳想想，老媽跟老爸不曉得什麼時候又會跑回來對吧？但假如我捨棄了那個地方，不就沒有可以集合的場所了嗎？所以我要守護下去。因為家族需要一個可歸之處啊。」

莉莉忒雅彷彿在細思我這段話似地瞇起眼睛。

「也就是 My home 嗎……因為我沒有那樣的場所，總覺得有點羨慕呢。」

「啥？妳在說什麼話啦。」

感到傻眼的我從下面用雙手夾住她臉頰，注視她的雙眼。

然後理所當然地說道：

「那裡已經是莉莉忒雅的家了吧？」

「唔欸……」

莉莉忒雅像隻小動物般叫了一聲。

「呃，那是什麼反應？」

我本來以為可以聽到什麼感人的道謝之類地說。

「你這個人……每次都是這樣，好狡猾。」

她接著又往我的胸口捶打了兩三下。

「那個～……師父～」

就在這時，忽然傳來百合羽的聲音。於是我仰躺在床上，把臉轉過去，看見她站在房間門口。臉上的表情好像很尷尬，或者說有點鼓著腮幫子。

莉莉忒雅瞬間施展出精湛的前空翻動作遠離我，跪坐到床邊角落。

哇～好厲害的特技。

「因為我也總算被警察們放出來了～所以想說要暫時先回家一趟～不好意思打擾囉～」

「是、是喔？那妳回家路上小心……不過妳是怎麼啦？為什麼態度感覺很冷淡……？一點也不像平常的百合羽啊。」

「哦～我一直都是大概這個樣子呀～師父看起來好像忙著跟莉莉忒雅小姐親熱的樣子～那我就先走囉～掰啦～」

「咦？咦？不，妳等……」

她是從什麼時候開始目擊到的？雖然我很在意，但又害羞得不敢問。

正當我如此著急的時候，百合羽「噗！」地笑了一聲，恢復平常的笑臉。

「啊嘻嘻！開玩笑的啦。開～玩～笑！那個，關於這次……不對，不只是這次呢，嘿嘿……我又被師父拯救了。師父果然很厲害。」

「我是覺得自己應該沒怎麼救到妳啦。話說百合羽，那個『師父』的稱呼方式……」

「不要。」

「呃。」

「我不要。雖然發生了很多事，但導演依然幹勁十足地打算把電影拍到最後完成它喔。而且還有飯店以外的場景要拍攝呀。」

「鳥保先生也真是個執著的人……不過也為了百合羽，我祈禱電影可以順利上映啊。」

「是！然後到時候就有繼續拍攝續集的可能性了。也就是說，人家的偵探角色還要繼續塑造下去。所以師父從今以後還是我的師父！今後也請多多關照弟子囉！汪汪！」

「為什麼最後要學狗叫啦！」

「咦？因為我剛剛講錯話叫了一聲汪的時候，師父看起來很開心的樣子，所以我想說你是不是喜歡這樣呀？汪！」

「我才沒有開心！我沒有那種興趣好嗎！」

拜託不要擅自給人套上變態嗜好啊。

「是這樣嗎～？嘿嘿。」

「幹什麼傻笑啦？」

「我只是覺得跟師父在一起果然很愉快呢。」

百合羽就像是吃到酸酸甜甜的東西一樣扭動嘴唇，還同時靈巧地露出微笑。

「那麼我這次是真的要先告辭囉。啊，對了對了！等電影完成之後，我會寄邀請函給兩位，請務必來參加試映會喔！」

自顧自地把話講完後，百合羽便「那麼拜拜啦！」地如一陣風般離去了。

「明明發生過那樣的事件，百合羽還是很有精神呢……好啦——」

我左右轉動上半身，確認一下自己身體的狀況。很不錯。恢復得這麼快真是好事。

「莉莉忒雅，我們也回家去吧。」

「是，朔也大人。」

我們拎起行囊，走出房間。

「回到家首先要來整理一下被水泡溼的文件啊。畢竟整間事務所都淹過水了。」

「說得、也是……那個，朔也，關於那個漏水的事情……其實是莉莉忒雅……」

「對了，莉莉忒雅。等整理屋子告一段落之後，要不要來玩一下好久沒玩的遊戲？」

「……遊戲？」

「畢竟昨天我到頭來也沒辦法跟妳們一起玩啊，人生轉世遊戲。」

「……咳。朔也大人簡直像個小孩子呢。真是沒辦法，我就陪你玩吧。」

「我可不會輸喔。」

「呵呵，好笨的人。」

我這位優秀的助手露出有點傷腦筋，但無比美麗的微笑。

「嗯，人笨是死了也治不好的啊。」

尾聲

——一篇八卦新聞——

一小時累積雨量超過上百毫米的○月×日，於橫濱市○○區的一間飯店發生了慘案。根據相關人士透露的情報，當天飯店內正在進行劇場上映用的電影拍攝工作，而竟然就在拍攝過程中發生了殺人事件。凶手於事前有對相關人士寄發恐嚇信函，在信中自稱為狗頭門僮。但是凶手事後遭當時在場的刑警逮捕押送，並已經招供犯行。

不過事件並沒有就此結束。

警方人員於案發現場的飯店中對各間客房調查後，除了狗頭門僮所招供的被害者之外，竟又發現了三具遭到分屍的遺體。關於這三具遺體，據說與狗頭門僮一概無關。那麼究竟是什麼人，狗頭門僮以外的什麼人物，在那個豪雨的夜晚中犯下了如此大膽的罪行？這個謎團至今依然沒有獲得解決。

關於這起恐怖的事件，時至今日依然沒有被新聞媒體報導出來的不自然現象，懷疑可能是背後有什麼力量在操作所造成的結果。該部電影在當初似乎也面臨無法繼續拍攝的危機，但據傳現在已經順利殺青，進入了剪輯程序。即便傳出傷亡也依然沒有中斷製作的現象，同樣有某種力量在背後驅使的可能性。

——一段被刪除的通話紀錄——

『——喂？嗨，妳今天也健健康康地在發瘋嗎？哦哦，我這邊也發生了很多事情呢。欸呦呦！……不，沒事。我只是拿下角膜變色片的時候差點把它弄掉了而已。

呃，剛要跟妳講什麼……對了對了，我師父這次也大顯身手了喔。對，就是追月斷也兒子。我本來想瞧瞧是個什麼貨色所以稍微觀察了一下，結果還頗有趣的。在旁邊看著一點也不會無聊。上次在九龍飯店也想盡辦法抓住了那隻瘋狗，簡直媲美沃斯堡牧場的牛仔呢。

話雖如此，他離所謂的名偵探還遠得很。要本小姐——尤柳(Y)(註4)·德林傑稍微再幫他活化一下腦細胞也行喔。

嗯？妳說飯店那隻狗？是我操縱的？才不，我什麼都沒做呀。只是以前在狗耳邊稍微呢喃了一句……——……而已。

哦？剛才是不是訊號有點弱？

註4　日文發音近似「百合羽（Yuriu）」。

還有……對了，嬉原還是老樣子呢。噢不對，那傢伙對外好像自稱哀野的樣子。對，那傢伙當時也住在那間飯店呀。不，這只是巧合，跟我無關。他應該也在盡情幹他想幹的事情吧——自己的屁股隨時都會自己擦乾淨啦。

……怎麼，想睡啦？別逞強，蓋好被子睡覺去吧。嗯？那邊現在不是白天嗎？妳的生活作息簡直崩壞了嘛。話說塔麗塔，妳也差不多該出來外面了吧。接下來無論追月朔也還是這個世界，都會逐漸成熟美味喔——哈，這種事情應該也用不著我跟妳說吧。

也罷，我要掛電話囉。

啥？妳說我？是不是太偏袒師父了？啊嘻嘻！妳講誰呢。

那句話，我要綁上蝴蝶結原封不動地奉還給妳啦。』

©riichu

後記

在推理小說類型的作品中，試想有什麼方法可以迅速又輕鬆地解決一樁對於凶手毫無頭緒的困難案件時，首先浮現腦海的念頭——

「究竟是被誰把你殺掉的？」

——就是直接請遭到殺害的被害者本人告知凶手的身分了。

再進一步思考，假如那個遭殺害的被害者就是偵探自己，事情就會變得更加簡潔。

然而偵探若死了，故事就接不下去。那麼主角必須是個每次都立刻被殺掉，但是又每次都像喪屍一樣不斷復活的偵探才行——

這部作品就是在這樣以各種意義上來講都很粗暴的想法為契機所誕生的故事。

如果要構思一個新的偵探形象，其實應該還有其他更聰明的點子才對。但筆者當時不知為何，對於「一下子就死掉的偵探」這句話感到有趣好笑而莫名中意了。

在談論偵探小說時，「什麼人會被殺」這種劇透可說是禁忌中的禁忌。然而僅限於這部作品的狀況，「偵探會被殺掉」這個事前情報並不屬於劇透的範圍。

畢竟那種事情根本已經光明正大地寫在書名上了，因此每當偵探被殺害的時候，也請讀者各位笑他一句「你又被殺了」吧。

願本書能夠為讀者們提供一段忘卻日常繁瑣的舒暢**謎悅**。

てにをは

浮文字

你又被殺了呢，偵探大人─

（原名：また殺されてしまったのですね、探偵様）

著者／てにをは　繪者／りいちゅ　譯者／陳梵帆
執行長／陳君平　美術總監／沙雲佩　國際版權／黃令歡、梁名儀
榮譽發行人／黃鎮隆　美術編輯／陳聖義　企劃宣傳／陳品萱
協理／洪琇菁　資深主編／劉銘廷　內文排版／謝青秀
總編輯／呂尚燁　文字校對／施亞蒨

出版／城邦文化事業股份有限公司 尖端出版
台北市中山區民生東路二段一四一號十樓
電話：（〇二）二五〇〇─七六〇〇
傳真：（〇二）二五〇〇─二六八三
E-mail: 7novels@mail2.spp.com.tw

發行／英屬蓋曼群島商家庭傳媒股份有限公司城邦分公司 尖端出版
台北市中山區民生東路二段一四一號十樓
電話：（〇二）二五〇〇─七六〇〇（代表號）
傳真：（〇二）二五〇〇─一九七九

中彰投以北經銷／楨彥有限公司（含宜花東）
電話：（〇二）八九一九─三三六九
傳真：（〇二）八九一四─五五二四

雲嘉以南／智豐圖書有限公司
（嘉義公司）電話：（〇五）二三三─三八五二
傳真：（〇五）二三三─三八六三
（高雄公司）電話：（〇七）三七三─〇〇七九
傳真：（〇七）三七三─〇〇八七

香港經銷／一代匯集
香港九龍旺角塘尾道六十四號龍駒企業大廈十樓 B&D室
電話：（八五二）二七八三─八一〇二
傳真：（八五二）二五八二─一五二九

新馬經銷／城邦（馬新）出版集團 Cite (M) Sdn. Bhd.
E-mail: cite@cite.com.my

法律顧問／王子文律師 元禾法律事務所
台北市羅斯福路三段三十七號十五樓

二〇二三年六月一版一刷

■中文版■

郵購注意事項：
1.填妥劃撥單資料：帳號：50003021戶名：英屬蓋曼群島商家庭傳媒(股)公司城邦分公司。2.通信欄內註明訂購書名與冊數。3.劃撥金額低於500元，請加附掛號郵資50元。如劃撥日起 10～14日，仍未收到書時，請洽劃撥組。劃撥專線TEL：(03)312-4212 ・ FAX：(03)322-4621。E-mail：marketing@spp.com.tw

國家圖書館出版品預行編目資料

你又被殺了呢，偵探大人 / てにをは作；陳梵帆譯. -- 1 版. -- [臺北市]：城邦文化事業股份有限公司尖端出版：英屬蓋曼群島商家庭傳媒股份有限公司城邦分公司發行，2023.06-
冊；　公分
譯自：**また殺されてしまったのですね、探偵様**
ISBN 978-626-356-678-1（第 1 冊：平裝）

861.57　　112005639